陳 茶

CHEN CHA

普洱系列二

迂直 著

中国文联出版社

图书在版编目（CIP）数据

陈茶：普洱系列. 二 / 迁直著. -- 北京 : 中国文联出版社, 2024.10
ISBN 978-7-5190-5419-9

Ⅰ. ①陈… Ⅱ. ①迁… Ⅲ. ①散文集－中国－当代 Ⅳ. ①I267

中国国家版本馆CIP数据核字(2024)第030622号

著　　者	迁　直
责任编辑	蒋爱民
责任校对	秀点校对
装帧设计	谭　锴　张文宇

出版发行	中国文联出版社有限公司
设　　址	北京市朝阳区农展馆南里10号　　邮编　100125
电　　话	010-85923066（编辑部）　010-85923025（发行部）
经　　销	全国新华书店等
印　　刷	北京顶佳世纪印刷有限公司

开　　本	710毫米×1000毫米　　1/16
印　　张	16.5
字　　数	268千字
版　　次	2024年10月第1版第1次印刷
定　　价	128.00元

版权所有·侵权必究
如有印装质量问题，请与本社发行部联系调换

寻壶八八

品鉴　记录　体味

回忆和思念

目录

自序：侍茶随记	001
予吾"88青"	005
江城青砖	017
"96真淳雅"传世新宋聘	027
文艺"宋聘号"	037
印象"同庆号"	047
黑标"杨聘号"	055
半山传承"陈云号"	063
品读"永聘号"	071
瑞贡天朝"车顺号"	083
回溯"号印"遗风	091
班章陈韵 极致青花	099
以"班章王中王"纪念黄刚	107
自性"无极"	115
一点英雄气 四顾浩无边	123
改造茶始祖"大黄印"	131
"8653"陈香铁饼	139
执念"黄印铁饼"	147

155　酽浓"福禄寿喜"
161　凤山"福禄贡"
169　"橡筋茶"普洱天花板
177　"绿大树"传奇
185　灰绳"绿大树"
193　千年景迈山
199　景迈"兰贵"
207　千寻"凤迹"柔天下！
215　昔归"君子之风"
223　黄良"观自在"
231　天能野韵 岁月嫣然
239　收获"香象绝流"
247　桃李不言 下自成蹊
253　后　记

自序

侍茶①随记

◎ 迂直

茶者，南方之嘉木也。古称"苦荼"②，别称槚、茗、荈……其字或从草，或从木，或草木并。首见"开元"③，通达《茶经》④。雅号瑞草、叶嘉、森伯、云腴、清友等，不胜枚举。

始之疫药，继而佐食，后为众饮。源起神农氏⑤，闻于鲁周公⑥，兴唐宋，盛明清，纵贯华夏，饮者亿万。亦言：发云贵，兴巴蜀，引江中，传闽台，远播天下，宇内留香。

吾幼年识茶，饮粗碎为端，寡昧却甚爱其味。

舞勺⑦之年，尊公日醉，教之以驱殴，不堪而远行。流落榕城⑧，穷途潦倒，景色尽失，时光骤停，万物萧瑟，为予之伤。时，遇茶翁，年耄耋⑨，仁善亲，逾子侄。杂役侍茶，以得温饱，幸结茶缘，恩念不已。

一年知，二年识，三载粗通其理。志初立，愿难随，翁卒殁，痛憾矣！如之奈何？

翌年，游学山林，住读厂肆，虽不同期，却十之八九；种育制存，品评技艺，五年为功，亦颇有所得。

以推己及人之行，谋求食立世之法，传九

州八荒之道⑩。笃定此生，侍茶为务，铢两悉称，毫厘必究。"亦余心之所善兮，虽九死其犹未悔。"⑪

茶之侍者，三十余载，苦乐年华，光辉岁月。

今，天命将至。"不思量，自难忘。"⑫随记侍茶之所得，以悦天下茶人……

2022 年立夏于京南悦泰博物馆

注解

① 侍茶：专用词。原意是把茶泡好端给别人，一般被侍茶的人地位很高。这里指服务于茶，推广茶道，弘扬茶文化。

② 苦荼：指茶或苦菜。《尔雅·释木》：「槚，苦荼。」宋邢昺疏：「树小似栀子，冬生叶，可煮作羹饮。今呼早采者为茶，晚取者为茗。」

③ 开元：《开元文字音义》。开元年间（713—741年），唐明皇及其文士在修订《开元文字音义》时，将「荼」字去掉一笔作「茶」字。

④ 茶经：《茶经》。唐代陆羽所著，是保存最完整、介绍最全面的茶的第一部专著。

⑤ 神农氏：炎帝、别名：赤帝、农皇、药神等。五千多年前，神农氏为治疗疾病而寻药，尝尽百草始发现茶。

⑥ 鲁周公：名姬旦，亦称叔旦，封国于鲁（今山东）。陆羽认为《尔雅》作者为鲁周公，所以《茶经》中有「闻于鲁周公。」

⑦ 舞勺：《礼记·内则》：「十有三年，学乐，诵诗，舞勺。」之年指十二三岁的男孩子。

⑧ 榕城：福州。

⑨ 耄耋：指老年，高龄（耋：七八十岁）～之年。寿登～。

⑩ 道：指茶道、茶文化为代表的传统文化形式。

⑪ 亦余心之所善兮，虽九死其犹未悔：屈原《离骚》中的名句。意思是心中认定美好的东西，就孜孜不倦地追求，哪怕失去生命也不后悔。这里指作者对一生侍茶的理想追求终生不悔。

⑫ 不思量，自难忘：出自苏轼《江城子·乙卯正月二十日夜记梦》。这里指作者茶缘深重，对茶有很多不用回忆却也不会忘记的经历。

003

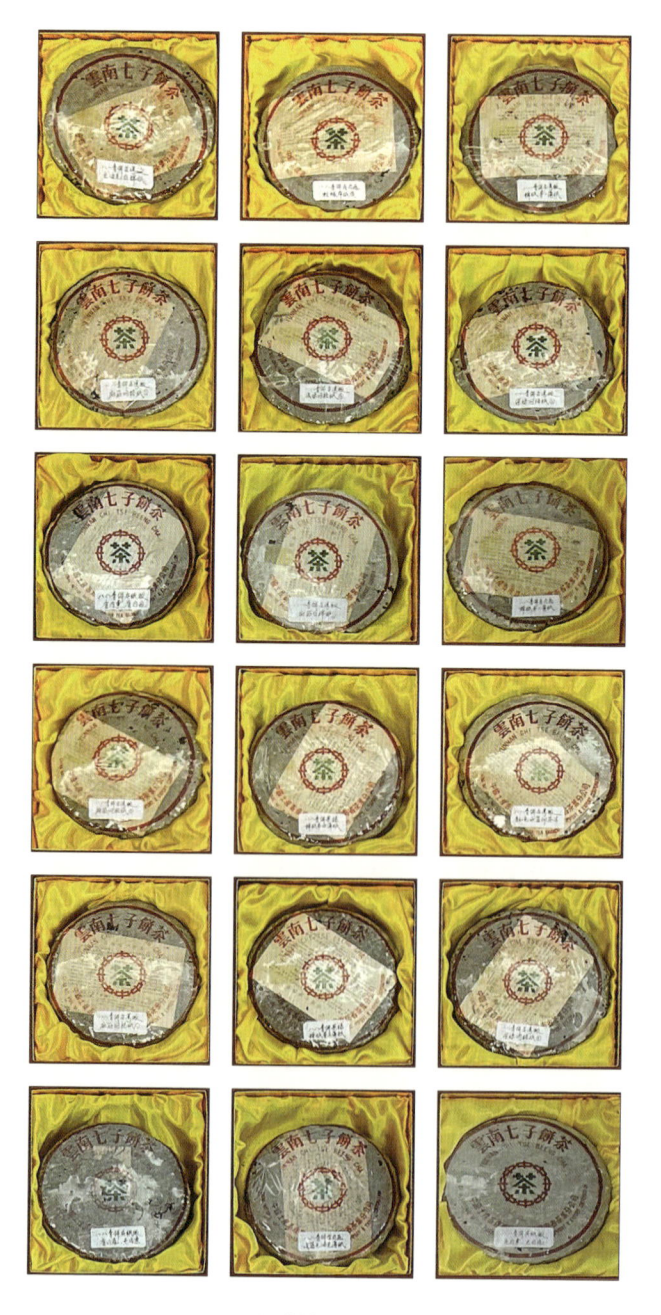

不同版本 88 青饼

予吾「88青」

2022 小雪
京南悦泰茶楼

"88青"，茶人们再熟悉不过的名字，既近在咫尺，又遥不可及，却早已镌刻于心，成为我们永恒的梦寐以求……

提及"88青"，首先要明确出它的概念，或者说是范畴。30余年来，关于"88青"的传闻言人人殊，不绝于耳。有些入情入理，值得研究和品味，而有些纯属无稽，则只能让其随风去。

那么，"88青"到底是什么呢？

"88青"，业界公认的概念是：国营勐海茶厂于20世纪80年代末生产、7542唛号的七子饼普洱生茶，其最早由香港茶商陈国义先生命名为"88青饼"。随着业界对普洱茶仓储的理解与认知不断加深，普洱茶"干仓"理念被提炼出来，并逐渐得到丰富和发展。故此，"88青"又被称为"干仓鼻祖"。后来，市场导向原因，"88

干仓88青饼

青"的概念，又被演绎成"狭义"和"广义"两种。"狭义"是专指："88青"的命名者陈国义于1992年，从香港联合国际贸易公司总经理陈强手中分批收购的350件（每件12筒，84片），约10吨左右，国营勐海茶厂于20世纪80年代末生产、7542唛号的七子饼普洱生茶；"广义"是泛指：国营勐海茶厂于1988年至1992年，甚至也包括1993年生产的7542唛号七子饼普洱生茶，统称为"88青"。坊间流传，这也是陈国义最先提出的观点，但时间空间不断转换，这种说法并没有得到考证。

总之，是"1988""7542"两组数字和"陈强""昌金强""陈国义"三个名字，串联铺陈出"88青"的传奇故事。

1988年，在香港南天贸易公司做过两年伙计的陈强，决定自

1970年代末1980年代初早期版本

己出来单干，于是成立了"香港联合国际贸易公司"。他深知，想做茶叶生意，"第一手货源"是关键要素，便千方百计地通过关系找到当时业界最大背景的云南省茶叶进出口公司（以下简称"省公司"），并得到特种茶部经理昌金强的亲自接待。

1988年6月，陈强到访省公司，由昌金强陪同去仓库选茶。偌大的仓库里，有一定库存量的茶品，也只有一批国营勐海茶厂生产的7542普洱青饼，约350件，10吨左右。据昌金强介绍："就这还是因为1986年和1987年省公司下达茶叶生产计划比往年大了一些，分别为80吨和100吨，才留下一些库存，不然恐怕这点茶也不会压在仓库。"虽然货源有了，却不能由省公司直接销售给陈强，因为他的"香港联合国际贸易公司"不在15家头牌茶商之列。当时，茶叶销售给香港茶商，要将购销合同寄到北京中国茶叶进出口总公司，上报国家经贸部，根据配额发批文和出口许可证。批文上明确

88青饼整件、整提及大票

88青饼各式内飞

标注茶号、价格、进口方等详细信息，备案信息不全或不符合要求就拿不到批文，茶叶也出不去。这批茶叶该怎么出口到香港呢？着实令大家煞费了不少脑筋。

1988年9月，昌金强特意去了一趟香港，带着陈强找到华润集团旗下"德信行"茶叶部经理林圣光，请他帮忙以"德信行"名义签署出口合同。因为，那时候对香港出口土畜产品都是由"德信行"管理，得到林圣光的支持和帮助，才使这批茶叶顺利拿到国家经贸部的批文，列入铁道部运输计划。3个月后，这批茶叶终于运抵香港，却没有进入"德信行"，而是被陈强直接提走了。那一年，昌金强因处理积压库存产品，被省公司评为"先进工作者"。由此可见，这批"非常途径"到达香港的约350件7452七子饼普洱生茶，其确切生产年份比1988年更早，应该是1986年至1987年左右出厂的茶品。

几经周折，陈强终于得到这批茶叶，兴奋之余却发现卖茶并不是他想的那么容易。当时，香港的茶叶行业是非常讲规矩的，大家都有自己的固定客户，谁也不能僭越。"手中有货，却找不到客户"，这可难坏了陈强这个"编外人员"。无奈之下，他只能自称是国营勐海茶厂的驻海外推销员，一家店铺一家店铺地上门推销……

"这款茶闻起来有草原的芬芳，茶汤入口，覆盖味蕾，清爽的感觉充盈口腔。不同于熟普入喉的柔绵滑厚，生茶入喉爽，回甘生津很快。那种痛快的感觉，如同一身大汗的人刚刚洗过澡，浑身舒畅。"这是陈国义在其自传《千载之遇》一书中，对当年初次喝到"88青"的描述。

1992年，陈强造访陈国义的茶艺乐园，推销这批7542普洱茶。

88青饼棉纸纹理放大

当看到拆去"绿印"绵纸的茶饼，陈国义很疑惑地说："不会吧，怎么我们香港几十年都没有见过这种发绿的普洱茶啊？普洱茶不都是咖啡色的吗？"陈强解释说："这个茶是没进过仓的。"估计当时陈国义可能并不理解什么是"进仓"。

那个年代的香港，普洱茶是大众消费品，都是供酒楼使用，而且香港人大多只喝发酵过的红汤普洱茶。出口到香港的普洱茶80%以上都是熟茶，尤其是以散茶为主，饼茶所占比重很小，压饼的生茶则更加罕见。在当时无论生茶熟茶，只要是茶饼，一旦到了香港，茶商们都会将其"入仓"。这里说的"仓"，有的是在地库，有的是在海边的山洞，在高温高湿环境下加速茶叶的转化，待到恰当的时候再进行"退仓"。这种"入仓"和"退仓"是港仓普洱茶的核心技术，被称为"做仓"，不同茶行存藏下来的普洱茶也不尽

陈国义签名款88青饼

相同，风味各异。作为新派茶商，当时陈国义应该并不掌握"做仓"技术，抑或是他也不认可这种传统的存茶方式？

这款7452普洱茶，经由陈国义按乌龙茶工夫泡法一番操作下来，只喝得满口芬芳，爽甜生津，喉韵悠长，回味无穷……直到7泡后，余香仍在，确是好茶。当问及数量和价格时，陈强说："这批勐海茶厂1988年生产的7542普洱茶，大货约350件，10吨左右，少量收购每饼10元，全部收购处理价每饼7.8元。"1饼茶（357克）是7.8港元，折算每斤也就是约11港元，要知道此时每斤上好的龙井都得400港元的价格，相比之下实在是太便宜了！陈国义有意将其全部收购，但是10吨茶叶要30多万港元，眼下资金不足，仓储也是大问题。于是，经磋商和陈强约定两年内分4批全部收购，前3批每次80件，最后1批110件，货款也相应分4批支付。

令陈国义没有想到的是，当茶艺乐园开始售卖这批7542普洱茶时，竟不断收到客户的投诉。因为当时出口到香港的"云南七子饼"不论生茶熟茶，包装都是一样的，而每个香港茶客，又大都是从喝熟茶开始接触普洱茶。所以他们纷纷反映这批7542普洱茶和其他茶行的味道不同，并对其质量产生疑虑。陈国义经过思考觉得，全香港只有他的茶是这种味道，要推广就必须赋予它一个全新的身份。就这批7542普洱茶而言，据陈强所述年份为1988年生产，而茶艺乐园恰好也是1988年开业。于是，他灵光闪现，便有了"88青

88青饼整件

饼"之名,并在一部分茶饼包装绵纸上亲笔写下"八八青饼"四个字和自己的名字,赋予了这批7542普洱茶独一无二的标识。陈国义一开始将这批茶存放在店里和家里,1997年移民潮的时候,他将自己购买的物业作为茶仓,控制温度和湿度,用离地、通风、干爽的方式存放。相对传统高温高湿的"港仓",这种仓储环境存放普洱茶的方式,后来被定义为"干仓"。

此后,"88青"的价值逐渐凸显,价格更是一路飙升。简单归纳:

陳·茶

1993 年，900 港元/ 件（84 饼/357 克）；

2000 年，人民币 3 万元/ 件（84 饼/357 克）；

2011 年，人民币 320 万元/ 件（84 饼/357 克）；

2013 年，人民币 420 万元/ 件（84 饼/357 克）；

2015 年，人民币 500 万元/ 件（84 饼/357 克）；

2016 年，秋冬之交，悦泰博物馆曾有旧藏的"88 青"6 提 42 饼，以人民币 560 万元在市场成交，单饼已达人民币 13.3 万元的惊人价格；

2021 年，中国嘉德秋季拍卖会"至味茗香——陈年普洱茶及佳茗"专场，成交价格竟达人民币 143.75 万元/ 筒（7 饼/357 克），单饼价格更是蹿至人民币 20 余万元……

即便如此，"88 青"的价值价格也尚未达到峰值。据藏家们分析，其升值潜力仍极其巨大，升值空间亦不可估量！

"88青"采用手工丝密薄绵纸包装，正中间为"八中茶"的经典标识，其中"茶"字呈苹果绿色，故此也称"苹果绿"。自2016年至今，一别6年有余，而今再见"88青"，我不免有些激动……

翻看散片的几饼"88青"，发现有一饼绵纸被剪出两个大洞，疑惑不解？致电询问藏家，方知是他觉得原包绵纸上有两块茶油很是难看，于是剪掉！唉，真是匪夷所思，令人哭笑不得。不过也好，省得我去甄别取舍，就拆开它一饮为快吧。

茶饼乌褐油亮，金芽满布，一芽一叶或一芽二叶撒面，轻撬开，底料为肥壮茶菁，是传统的7542配方。干茶香气明显，老茶的陈旧温醇香韵，从茶块缝隙中渗出，这不正是熟悉的那份优雅吗？

炭炉火旺，生铁老壶里山泉沸腾，紫铜壶盖被蒸汽拱得律动作响，敲击出悠扬动人的乐曲。仿若我心，似乎也在急切期待与这位久别"老友"再度重逢！

Lot 3218 八十年代厚纸8582青饼
年份：80年代
茶厂：勐海茶厂
工序：生饼
仓储：干仓
茶香：樟香
重量：约2500g
数量：1筒7片
估价：人民币 700,000-1,200,000

陳 茶

缓注水，快出汤，30多年的陈放转化，汤色红浓透彻，岁月留痕，香云四散，温暖怡人。茶汤入口，沉郁深邃的香气和着饱满厚滑的汤汁，回甘连绵，生津持久。细品之下，那股盼望已久的"梅子香"在茶韵后段逐渐显现，还是那么惊艳迷人！数泡之后，汤汁仍觉浓郁润滑，刚劲有力，茶气已由高扬直率，转向含蓄委婉，这种穿心过肺，惹骨撩肌的真情实感令人陶醉不已。

久别的思念，是这杯茶，牵肠挂肚；重逢的欢悦，是这杯茶，喜极而泣。总之……

江城青砖

2022
小雪
京南悦泰茶楼

陳茶

　　许久没有这么大的雪，从冰渣到雪花，又从雪花到冰渣，就这样在北风中飘洒了两天。薄暮时分，雪霁天晴，夕阳西下，极寒无比，子夜气温逼近零下20摄氏度。

　　"乔木、黄条、生茶"。凑近这块90年代"江城青砖"，虽已陈化30余年，但黄旧的绵纸却依然掩不住它难驯的野韵，席卷着股股樟香汹涌而来……

　　"我从94年开始就提出普洱茶越陈越香，把它带到艺术的高度。因为在所有老茶里面，没有比普洱茶有更好品质的茶了，其他茶没有老茶的特色。"

　　像上面这段话一样，90年代"江城青砖"是邓时海先生的作品。

台湾普洱茶第一人邓时海

邓时海，在茶界几乎无人不知。他是台湾"中国普洱茶学会"创会会长、著名普洱茶研究专家，被誉为"普洱茶第一人"。他是普洱茶复兴的亲历者，更是其重要的推动者、传播者。

1995年，邓时海在中国台湾出版《普洱茶》一书，对于普洱茶具有划时代的意义。这本书对普洱茶的过去、现在及未来，都已经、正在和必将产生很大的影响。它开创了普洱茶新的文化天地，激发了人们对于普洱茶历史文化探讨的冲动，为大众认知普洱茶打开了一扇厚重的大门。更重要的是，它不仅把普洱茶从一种日常饮品提升到了可玩可赏的艺术层面，而且神奇地把"越陈越香"这个概念演变成为茶界公认的普洱茶"核心价值"。

邓时海当年实地考察与当地茶农在800多年普洱古茶树前合影留念

陳·茶

"喝熟茶、品老茶、藏生茶",是邓时海推崇的普洱品味之道。他把普洱茶按照制作方法划分出的生茶与熟茶,进一步区别对待。发酵制成的熟茶三五年后就很好喝,而生茶未经发酵,刚制成时味道生涩,必须经过四五十年以上的存放,才能成为老茶,其变化的漫长过程,正是其收藏、陈年的乐趣和价值。

"我在马来西亚出生,当地人有喝普洱茶的习惯,我常对人说,我今年67岁,喝了68年茶,还有一年是在妈妈肚子里喝的。"邓时海回忆他回台湾念大学,正好碰上当地20世纪七八十年代兴起的乌龙茶艺热。但喝茶的日子长了,就明显感觉普洱茶有着另外一种文化底蕴与内涵,这与乌龙茶带来的感受是不同的。于是,他从

邓时海印级珍藏茶

90年代初开始发掘整理普洱茶的资料,希望把喝过的每种茶的品质和感受记录下来写成书,不让它消失在历史里。

怎么理解茶的"苦"?邓时海曾有"转化与层次"的经典阐释。

"我们对茶的苦认识有两种现象,一种就是茶性的苦,茶本身的苦,你让它苦了以后,这个茶被化掉就不苦了。另外一种是茶的层次比较多,因为大叶种的茶有300多种内含物质,如果内含物质越多的话,它出来的味道比较苦,这种苦很快就会解掉,将来一段时间以后苦涩感就没了。普洱茶的苦会变化,它的变化也是它越陈越香的特性之一。"

普洱茶不仅是口感上的品饮,更可以看作一种社交媒介。普洱茶界有两种说法,普洱老茶是"喝掉的古董",说谁是喝老茶的

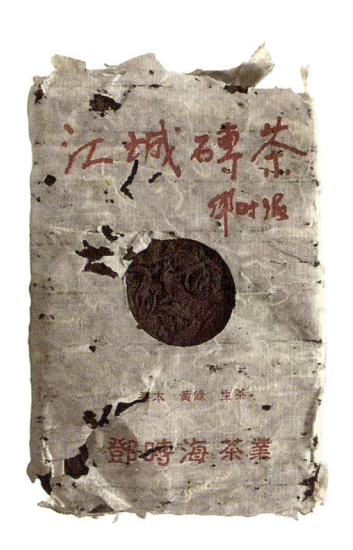

Lot 1841
90年代江城茶砖

茶厂:江城茶厂
茶区:云南江城
工序:生饼
仓储:干仓
重量:约250g/片
数量:20块
估价:人民币 72,000-88,000

人，就像说谁是玩古玩字画的收藏大家，既有钱又有闲，还得有那种沉静的品行。

邓时海在一次"普洱茶收藏交流会"上曾说："假定你从现在收藏生茶，十几年、二十年以上已经就很好喝了，那么旧茶已经很不错了。"所谓"旧茶"，是其所著《普洱茶》一书中将普洱茶分成新茶、旧茶、老茶、陈茶和古茶5个等级，其中10-20年陈期的称之为"旧茶"。

按照他的理论，这块90年代初成茶的"江城青砖"当算是"小老茶"。揭开绵纸，撬动茶砖，江城的选料内外一致，条索扁长舒展，色泽黄栗油亮，干茶野樟醇郁，陈香药香，若隐若现。滋味充

1990年代初江城砖茶

足，口感丰富，有一股浓厚的青香老味，水性味醇较薄但柔滑和顺，舌面生津，茶气强足。

普洱老茶，如今是艺术品、收藏品一样的存在。在一众老茶里，"号级茶"具有划时代的意义，是普洱茶品牌的起源。"号级茶"作为普洱茶中等级最高的珍稀茶品，拥有无可比拟的茶香、茶质、茶气、茶韵，岁月加持之下在各级拍卖市场天价频出，为普洱江湖创下无数传奇。

有资料证明，像百年"宋聘号""敬昌号""江城号"等号级茶品的茶菁原料均出自江城，其品质更是受到诸多茶人的肯定和赞扬。江城茶极易识别的偏黄条索，揉工细致，以及特殊的"野樟香"，使之成为普洱号级茶的标杆特征之一。

江城，血液里就携带着普洱号级茶时代的印记。它位于滇南古六大茶山北麓，与越南、老挝两国接壤，因李仙江、曼老江、勐野江三江环绕而得名江城。20世纪50年代，国家按茶区对茶叶实行计划价格统一收购，江城县、澜沧县被纳入"西双版纳价区"同一价位，这说明江城茶区与西双版纳茶区的茶品，在品质和生产技术上都是一流的。

历史上，江城也出产了许多著名茶品，其中"江城青砖"在清代曾盛极一时，品质原因受到藏家青睐，历经百年沧桑，现已存世极少，因而尤为珍贵。这座边陲小城孕育了一批又一批普洱号级

陳茶

茶，"江城青砖"更是名扬四海。20世纪70年代，一批普洱茶爱好者对云南江城普洱茶进行保护性的收藏和研究。时隔多年，为了纪念和弘扬经典，回顾其独特的历史文化和内涵魅力，邓时海与知名老茶厂——江城茶厂合作，定制推出了这批具有普洱茶代表性的90年代"江城青砖"。悠悠30余年，其以"老韵、黄条、野樟香"特点突显而闻名于世，也使我们得以从这块老茶砖中感受江城百年的艰难历程，感受它之于普洱茶"陈"与"老"的艺术。

普洱老茶须以沸水激活它的灵与气。

称足10g"江城青砖"茶投入紫砂壶，沸水浸润，缓出茶汤，晶莹透润，橙黄里折射出微醺的酒红。公道杯中陈香飘逸而出，继而药香闪现，随之而来是淡淡的野樟香萦绕鼻翼，挥之不去。茶底柔韧而富有弹性，脉络清晰，茶梗能扯出长丝，足以证明它的内含物质极为丰富。

90年代"江城青砖"，每喝一次就感动一次。

一盏热茶汤入杯，生津回甘，泅

涌澎湃，迅速有力地掠过口腔，虽有苦底，但化得开。唇齿清凉，舌面醇润，喉头畅爽，味淡而不薄，汤清而不寡。细腻柔顺中裹着蜜香果韵，深长而浓郁，旋即化为草药香。茶气内劲十足，斟饮、凝神、深吸，即使是漫天大雪，洋洋洒洒的暖意亦能迅速铺满全身。

"我不提倡大家喝新生生茶，起码要十几年后这个生茶喝起来才好喝。因为，太生的茶寒性太强。"

"中医告诉我们，我们的身体寒到一定程度，要转化过来是不容易的，尤其是女性。体寒的人更容易生病。"

"而且老茶对于我们的身体，也是健康的。"

"将来你退休也好，无论你到什么地方，有老茶就有朋友，有钱却不一定有朋友。因为当涉及金钱时，就会让人感觉没那么纯粹了。"

"若你有老茶的话，以茶交友，茶友找你喝茶，名义上是喝茶，实则是陪伴，分担你的孤独。因为有老茶的人就会有朋友，也就不会觉得很孤独。"

以上是邓时海在不同场合的一些语录，散碎了些，但这足以证明他对普洱茶情有独钟。

好茶易得，老茶难觅。老茶的珍稀之处在于时光荏苒，岁月嫣然，再难聚起复制它的条件。首先，好的茶菁原料少了贵了，也不易取得了；其次，现代生产工艺不断精进，而传统工艺费时费力，不再适合高人工成本的时代了；最后，数十年前的陈韵是现在产制茶品所追赶不及的。再加上老茶的持续消耗特性，这批"江城青砖"也不例外，只会随时间推移而终将殆尽！

平日里的混沌，是后疫情时代的产物。人们焦虑、健忘，常常不知所云。只有见到老茶，喝到老茶才会苏醒过来。不知道别人怎样，至少我是需要一杯醇醇的老普洱来唤醒自己，唤醒自己的灵魂……

"96真淳雅"传世新宋聘

2023
惊蛰
北京紫竹院

> 凌空而矗天地中。千仞耸，万山崇。
>
> 翠竹青松，花重鸟语隆。
>
> 奔流飞瀑激水处。烟雨蒙，有彩虹。
>
> 绝顶置身任从容。逞英雄，竞英勇。
>
> 倚天剑穷，拭手缚猛龙。
>
> 独孤求败唯孤独。巍屹立，视苍穹。

2005年"华山论茶"斗茶大赛中，"96真淳雅"号级普洱青饼惊艳亮相，凭借优秀的茶质口感，胜出云南省公司"96年青饼""96年紫大益""96年橙中橙""96年橙中绿""古云海圆茶（私人订制）""大渡岗元宝七子饼"等明星茶品，而一举夺冠！

台湾制茶高手林宗祈在一次接受采访中说：

参评好茶众多，"真淳雅"能一举夺冠，原因有以下几点：一是此茶为单一乔木原料，纯度完美。二是当年这批野放乔木古茶

张毅和吕礼臻合影及张毅真淳雅号手稿

园在易武各山头，静静处于全生态环境中，几十年未被采摘，无施肥，无农药，茶底清淳自然。三是制作过程严谨、全手工揉制，每一片用人工石磨压成，松紧度合理，利于日后转化。四是茶菁规范，从94年开始原料试制，但当年茶农未有按采茶标准，大小老茶混采，全部拒收。直至95年采茶符合标准（一芽三叶）落实，在张毅（原易武乡乡长）先生与张官寿（原"宋聘号"老前辈）先生极力支持下，96年采足茶菁后一起压制。五是晒青过程，压饼前做足晒青功夫，成饼后再放竹架上离地晒干，避免了饼面发白。

虽然早有耳闻，但真正接触和认知"96真淳雅"号级普洱青饼，其实是在2016年，与京畿茶人共同发掘"梅子泉"之时，自此，我便从未停止过对它的追寻与探究……

陈国义真淳雅号手稿

这是一款赫赫有名的特殊茶品，是新中国成立后第一批用制茶古法做出来的易武古树茶，也是复刻号级茶工艺的第一款传世经典茶品，更是20世纪90年代易武名星茶品的标杆之一。在它之后，才有越来越多的茶人前往易武制茶，新时代"奔茶山"现象逐渐达到巅峰，古法制茶技艺因此而得到研究和保护，强势开启了易武茶的复兴之路。

要说"96真淳雅"号级普洱青饼，必要提及当代茶界巨匠张毅、吕礼臻和陈国义。

张毅先生，自幼师从民国时期在易武古镇制作号级茶的大师傅张官寿、许培文和张世勋学习制茶技艺，曾长期任职易武乡乡长，是普洱茶"一代宗师"，也是云南普洱茶复兴的关键人物，其

吕礼臻版真淳雅号

贡献不亚于1973年成功试验普洱熟茶的邹炳良。谈及张毅对云南普洱茶的贡献，大致可以归纳为两点：第一，恢复普洱茶传统制作工艺。从1984年开始，他便热衷于对普洱茶传统制作工艺的发掘、梳理和研究，让近乎绝迹的制茶工艺得以恢复。第二，普及普洱茶传统制作工艺。他将研创所得的普洱茶传统制作工艺形成自己的专利或秘方，无偿传授给易武、象明、景洪、孟连以及国内外的普洱茶制作者，推动传统制茶工艺迅速普及。

1993年，张毅在易武创办"顺时兴"个体私营茶庄，认真精选易武正山麻黑、落水洞一代古贡茶园中无污染的贡品春尖，承传古法手工揉制成普洱生茶，重现出销声匿迹近半个世纪的清代号级茶风骨。

1995年，台湾著名茶人吕礼臻登上易武茶山寻觅好茶，竟与张毅不期而遇……

据吕礼臻回忆，他曾与朋友一起到香港陈国义的茶艺乐园喝茶，有幸领略20世纪30年代"宋聘号"古董普洱茶的滋味与风韵，特别是那股迷人的中药香着实令人惊醉。再加上其生津不断、回味无穷的红绵细滑茶汤，沁肺润脾、拨骨撩肌……一见倾心！吕礼臻便萌生了赶赴云南，复刻仿制"宋聘号"号级易武古树茶的念头。

抑或是机缘使然，此时张毅和吕礼臻都恰有此意，两人易武会面，一拍即合，并诚意邀请曾经制作"宋聘号"的张官寿老茶师

陳·茶

担任指导，复刻仿制"宋聘号"号级易武古树茶。张毅以符合标准的野放易武大树茶菁为原料，采用传统手工石磨压制工艺，在张官寿指导下，经反复实验，终获成功。吕礼臻品鉴样茶后，十分满意，决定收购3吨茶菁原料，正式制作传统手工普洱圆茶，并命名为"真淳雅号"。当时，这些茶品大多流于香港、台湾、韩国等地，品质原因使其在普洱茶界久负盛誉，如今早已成为易武古树普洱茶的重要标杆，矗立于世。

张毅曾在其所著的《古六大茶山纪实》一书中，详细介绍"96真淳雅号"的选料和工艺：

"真淳雅号"这批茶是1996年、1997年一起做，1997年压的饼，1998年10月拉走，是新中国成立后易武的第一批茶（古树）。当时选料是三合社一点，曼落（曼秀、落水洞一线，不含麻黑）这边收了一点。选料都是大树茶的料，当时的揉捻度比现在高。现在有些人不懂，茶叶一定要揉好，因为这个茶叶表面有一层蜡质，必须破坏它的组织结构，开汤以后，水浸出物才丰富。现在有些茶揉得轻，没有破坏它的组织结构，开汤以后滋味淡薄，所以一定要很好地揉。这批茶是新中国成立以来易武的第一批，用料是真正古六大茶山的原料。这批以平均树龄200岁至300岁的野放型古树茶为原料，以原始晒青技术由头到尾全手工石磨精制而成的"96真淳雅号"，成为第一款复刻号级茶工艺的传世经典茶品。

从普洱茶历史进程上看,"96真淳雅"号级普洱青饼,是当代最早的私人定制茶品。它横空出世的意义在于重新开启了普洱茶以号级古董茶为蓝本,私人定制复刻新茶的新时代。

当年由于预算原因,这批茶饼没有压入内飞,也没有外包绵纸,只有一张筒票,包装十分简陋。从昆明转运台湾过程中,被台湾海关扣关,无耐之下吕礼臻致电陈国义,希望把这批茶存放在香港。陈国义悉数将其收进原来储存"88青"的老茶仓,"纯干仓"存放下来……后来,陈国义又对这批茶饼的外包装进行了重新设计,在绵纸上亲笔注明"真淳雅"和"新宋聘号"字样。

因此,"96真淳雅"号级普洱青饼在市面上出现了好几个版本。其分别是:张毅版(无纸无飞)、吕礼臻版(无纸无飞、无纸

整筒真淳雅号

有飞、有纸有飞）、陈国义版（有纸有飞）。目前市场上价格较高的是陈国义版。然而，除了版面设计、内票、内飞有所不同，实则这几个版本茶品的原料品质同出一辙，口感滋味毫无二致。

"好马要遇到伯乐才能成为千里驹，我有今天的影响力也要感谢香港的陈国义先生，只有他才能把我当初制作的古乔木茶存放得这么好。"吕礼臻在一次"茶文化节"特约贵宾讲演中曾这样深情地说。

回眸凝望，这饼近30年陈放转化的易武野放老茶，叶片立体完整、条索壮硕，色泽栗红油润、星布金芽，干香洁净清爽、开朗迷人。

轻注沸泉，静润干茶，无一丝杂染之气，参香、药香、梅子香沉稳厚重，饱满平和。茶汤入口，初是淡淡的焦蜜糖香，继而浓

北京保利拍卖
Lot 2576
1996 年 真淳雅

年份：1996 年
仓储：自然干仓
重量：约 2499g
数量：1 筒 7 片
估价：人民币 360,000-600,000

浓的参香、药香滚滚而来，伴着生津、回甘梅子香韵接踵而至，杯底存留着层次分明的奶香、蜜香、花香、果香，馥郁袭人。细注水，快出汤，汤水含香，药韵酽强，茶汤适口（约35摄氏度）时，顺滑感尤为显著，这种顺滑由口喉，经肺腹，直达丹田，茶气中正平和。茶汤尾段药香弱，参香显，清甜不减，醇滑尤胜，茶气满足而温和，静谧回归之感甚浓。令人仿若徜徉在山野汤泉，暖雾包裹里祛除初春寒凉，安然享受这份甜美与舒适。

  一盏老茶，鲜活了灵魂深处的茶人精神；一饼老茶，复刻了时代久远的历史印记。至今，"96真淳雅"号级普洱青饼复兴易武茶的故事仍在茶界流传……

◎ 复兴易武茶的故事……

文艺『宋聘号』

2023
惊蛰
北京紫竹院

號級茶

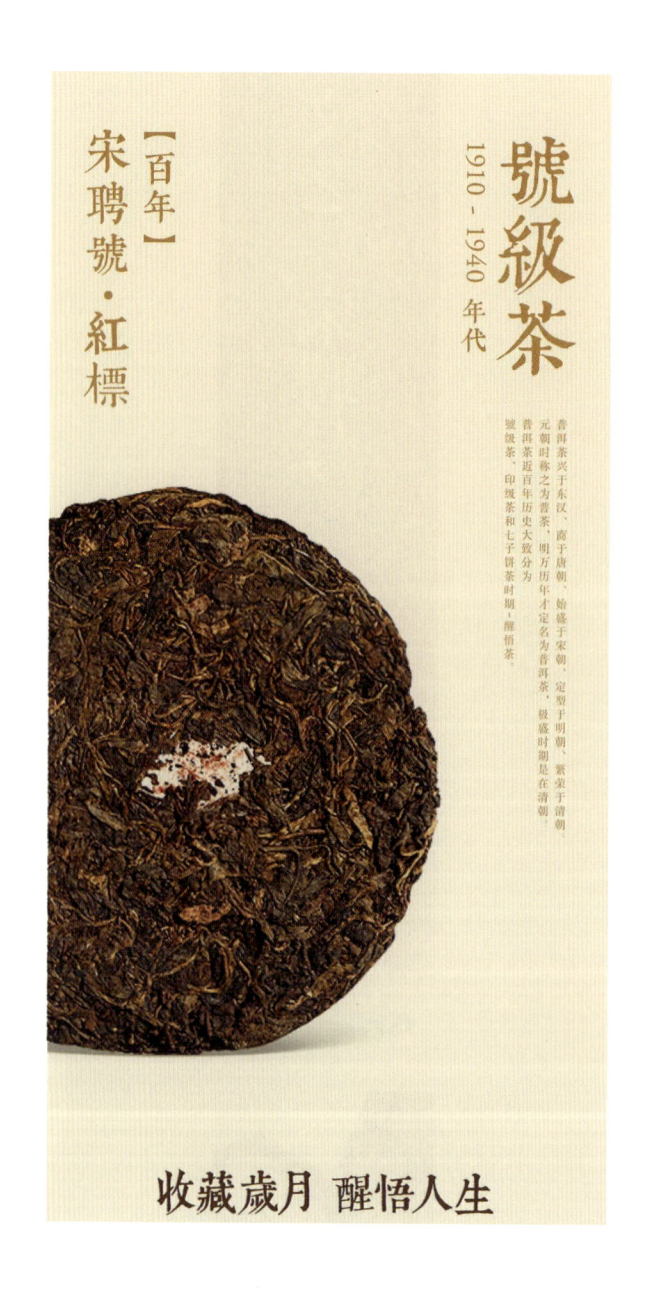

1910-1940 年代

【百年】宋聘號·紅標

普洱茶興於東漢，商於唐朝，始盛於宋朝，定型于明朝，繁榮于清朝。元朝時稱之為普茶，明万歷年才定名為普洱茶。極盛時期是在清朝。普洱茶近百年歷史大致分為號級茶、印級茶和七子餅茶時期。醒悟茶。

收藏歲月 醒悟人生

"红标宋聘号"是三大号级普洱茶中的经典,有"茶王"美誉。

"宋聘,尤其是红标宋聘,可以兼得磅礴、幽雅两端,奇妙地合成一种让人肃然起敬的冲击力、弥漫于口腔、胸腔。"

这段话是著名文学家余秋雨先生,当年一啜古董级"乾利贞宋聘号"而惊出的诗意言语,不想却成为茶人们对它口感特征妙不可言的完美诠释。流传久了,"磅礴"与"幽雅"联结了它的历史传承,超越普洱茶本身,形成其独具魅力的文艺术性。

早在2011年,百年"乾利贞宋聘号"茶品就拍出过人民币300多万元的价格,而2021年仕宏拍卖更是将宋氏与乾利贞袁氏联姻前所制的宋聘号始祖级茶品拍出人民币380万元的天价……资深茶友圈、高端收藏圈早已视其为心头之宝,成为他们心心念念的稀世藏品。

陳·茶

"宋聘号"尽人皆知，这3个字堪称号级茶天花板，即便是在茶行以外，人们亦是翘首仰望，以遇为幸，若能亲尝滋味或收藏囊中那便真的是足慰平生了！

然而，百余年传承之间人们却忽视了"乾利贞"的存在。口误也好，简读也罢，但无论如何也磨灭不了其曾经现实存在的重要意义。

"乾利贞宋聘号"是宋聘号宋氏与乾利贞袁氏联姻而来的茶号。

早在19世纪60年代，"乾利贞号"已经成立，而它的掌管者正是盛极一时的特科状元袁嘉谷家族。

"云根文彩"匾额，如今就矗立在石屏县文化广场的牌楼上，这是当年茶帮总部登门袁家求袁嘉谷题写的。

状元袁嘉谷身份特殊，又是远近闻名的大才子，当时的高官豪

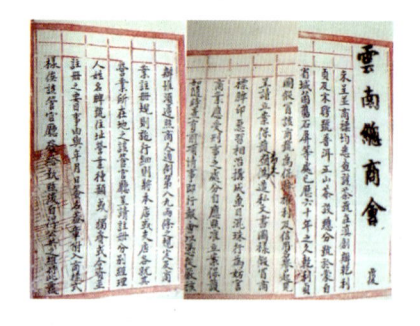

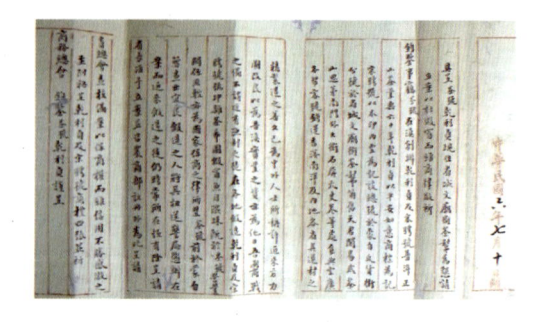

宋聘号历史资料

商都非常愿意与其结交，久而久之，形成了乾利贞号背后强大的官场、商场背景。依靠着家族实力和资源，乾利贞号很快成为当地小有名气的茶庄。清末时期，袁嘉谷的三哥接手乾利贞号，作为云南商务总会前帮董，他凭借自身的能力和人脉，迅速将茶庄发展到了新的高度。

当时，乾利贞号主要经营倚邦茶，总号设在交通便捷的铁路枢纽蒙自，在思茅、易武和昆明等地也都设有分号，可谓是茶界的一方豪强。

这边袁氏乾利贞号生意如日中天，在易武又有一家名为"宋聘号"的茶庄凭借至诚理念、上乘品质、过硬工艺在一众茶庄中脱颖而出，一路披荆斩棘，风头无两，转瞬间已独占鳌头。

民国初期，宋聘号和乾利贞号都已发展成为大型茶庄，而在经

袁嘉谷家族涉茶人员树状图

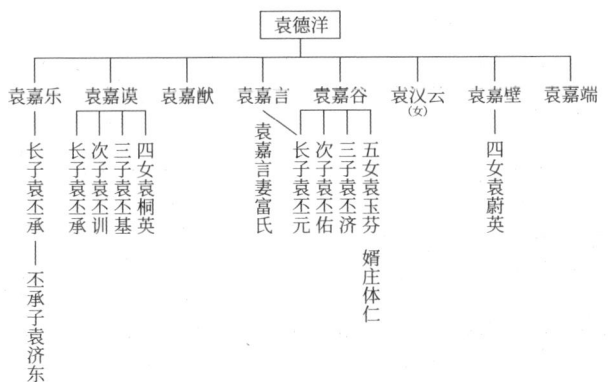

袁德洋
- 袁嘉乐 — 长子袁丕承 — 丕承子袁济东
- 袁嘉谟 — 长子袁丕承、次子袁丕训、三子袁丕基、四女袁桐英
- 袁嘉猷
- 袁嘉言 — 袁嘉言妻富氏
- 袁嘉谷 — 长子袁丕元、次子袁丕佑、三子袁丕济、五女袁玉芬（婿庄体仁）
- 袁汉云（女）
- 袁嘉壁 — 四女袁蔚英
- 袁嘉端

陳·茶

营上，两家都有各自的担忧。宋聘号制茶工艺无比精湛，却无子嗣继承，而乾利贞号虽然经营良好，但茶品质量始终不算尽善尽美。

此后的故事，如今早已是街知巷闻。

那是在1917年，制茶技艺精湛的宋聘号与手眼通天的乾利贞号强强联合，宋袁两家联姻创立"乾利贞宋聘号"，以此消除各自隐忧。自此，"乾利贞宋聘号"，上游茶菁原料和制作茶品有宋家严格把关，下游市场有袁家的客户资源，可谓是猛虎添翼，声势大振，与同庆号、同兴号三足鼎立。茶庄设总号于蒙自瓦货街，分号于省城文庙街茶帮、个旧天君阁、易武茶山、思茅南门外大街等处，香港亦设有分号将茶品行销海外，成为当时易武镇上最有名气的茶庄，人称"茶王宋聘"。据史料记载，"乾利贞宋聘号"选用

百年蓝标
宋聘号

易武山优质茶菁精制,所出圆茶质量上乘,茶汤透润,略带药香,回甘悠长,又有"状元茶家"名号加持,故当时被誉为"茶魁"。

1990年前后,我在云南住读期间,第一次听闻"乾利贞宋聘号"的故事,至今不曾遗忘。

当复兴普洱七子饼茶制作工艺悄然兴起,来自世界各地的华人华侨"奔茶山",其中热爱普洱茶的茶商、茶客和资深茶人,甚至茶学家们都渴望补全普洱茶史缺失的那一篇章。于是,他们不断寻找某一个时代的代表茶号和代表茶品,直至"乾利贞宋聘号"的茶品在世人眼前亮相,无论是否了解普洱茶,人们都在一瞬间被惊艳震撼,我也不例外。

幸好当年"乾利贞宋聘号",开辟了海外路线,才让茶品与配

简票、内票雕版

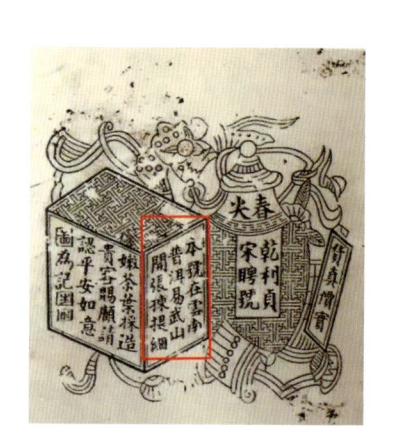

茶品筒票、内票

方得以完好保存下来。当一款茶历经朝代更迭，俨然已成为历史见证者时，它的收藏价值必然高于品饮价值，所以鲜有人会提及想要品鉴此茶如何？

不提及不代表不渴望，茶人们翻山越岭、漂洋过海、历经波折找到了当年监制这批"乾利贞宋聘号"的张官寿老先生，不仅收得百年茶品，还取得了配方与工艺，经过数十次调整试制，终于在20世纪90年代初成功复刻出这第一批"乾利贞宋聘号"普洱茶饼。此后，易武老乡长张毅与台湾茶人吕礼臻合作请张官寿监制也制造了一批"96真淳雅"……

这款20世纪90年代初复制茶品，是依照当年"乾利贞宋聘号"的配方1∶1还原，选料与工艺同出一辙，哪怕是包装都参考当年风格，仍然使用雕版印刷"平安如意图"的手工特厚油光白报纸包裹茶饼。

30年岁月流光，茶品已进入成熟阶段，褪去稚嫩与苦涩，迎来老茶初期的圆滑、柔顺，适口度较高。掀开白报纸，清晰可见茶饼被时间渲染过的纹理，色泽暗栗而有质感。轻轻抖落松散茶碎，拾起蜷缩的茶条，坚韧且充满力量，自带高贵气质。

山泉汤沸，唤醒了沉睡多年的茶品，浓郁药香与醇酽樟香被激发出来，弥漫于杯盏之间，令人陶醉、流连，不能自拔。橙红透润的茶汤灵性十足，用生命的活力映现出时光味道。那一抹岁月滋味，宛如阳光、天空下一曲天籁之音，清风掠过，灵魂顿轻。味，清爽口喉；气，滋润肺腹；韵，抚慰肌骨；香，渗透毛孔。醍醐灌顶，一扫疲倦与紧张，从未有过的畅爽与惬意！

1990年代复刻版宋聘号

安享老茶，特别是茶王级别的老茶，撇开它的历史和收藏价值不谈，就其本身而言，早已由现实存在进化到文艺空间，感染、引领着品鉴和收藏它的人们，经由那个辉煌时代进入属于他们自己的精神世界……

印象「同庆号」

2022 深秋
广州白云山

陳茶

"百年同庆号"茶界仰视。其大都只会现身于各大博物馆和高阶拍卖会,鲜有茶人探尝过它深邃厚重的百年滋味……

易武重镇,千年老街,群英荟萃之地,茶号云集。

数百年前,就在这古镇老街上,"同庆号"普洱茶以"精细作法"而闻名天下,使它成为制作、经营云南普洱茶的鼻祖和普洱茶历史上最古老的茶号之一。

翻开"同庆号"的历史,"辉煌"二字贯穿了它的发展历程。

清雍正二年(1724),创始人刘汉成于石屏创立同庆号,名曰:"云南石屏同庆号"(又名福来祥)。

清乾隆元年(1736),又在易武开设分号茶庄,即"易武同庆号好茶厂"。

当年的石屏同庆号茶庄

其中，石屏的是同庆号茶庄总号，以茶叶营销贸易为主；易武的是同庆号茶庄分号，更侧重于制茶。现今人们言必称道的"百年同庆号"，多是指分号"易武同庆号好茶厂"。

据《勐腊县志》记载："清光绪元年（1875），同庆号年收购茶叶500—600担，拥有资金20余万元，营业额30余万元，骡马30余匹，驼牛40余头，茶叶主销香港、台湾、日本、韩国及南洋一带，广受好评。"值得注意的是这里提出的"资金""营业额"和单位"万元"，指的应该是"白银"和"万两"。

后来，"易武同庆号茶庄"传承到清代秀才刘葵光。他曾被朝廷诰封为"奉直大夫""知州"（次五品），人称"刘大老爷"。他苦心孤诣，刻意经营，使同庆号茶庄风生水起、扶摇直上。清光

茶马古道重镇（1899年）　　　　　　　准备驮运的货物（1901年）

绪二十六年（1900）开始逐渐步入巅峰，问鼎云南茶界之首。到了民国四年（1915）之后，其实力和规模已远超易武其他茶庄，真正成为云南最大的茶号。

为什么说同庆号是普洱制茶鼻祖？

同庆号创立之初，刘汉成率先创立并推行"六选六弃"的普洱茶精细作法。即：选春茶、选嫩尖、选产地、选净度、选滋味、选香气；弃粗老、弃味劣、弃不洁、弃杂物、弃异味、弃质变。制茶过程精细严谨，成品茶叶品质优良。有关研究指出，这抑或是历史上最早提出的普洱茶生产工艺标准。

"皇家图腾，龙马为记。"据说，当年雍正皇帝品饮同庆号普洱贡茶，龙颜大悦，赞赏有加，遂赠用了象征皇权的龙图腾和代表马帮的马图腾，大有寓意。而这一对"龙马"也成了同庆号近300年的商标记号，传承至今。最初的"龙马图腾"印制在红色内票

驮茶的马队（1899 年）　　　　　　　　官差押运的马帮队进入城镇（1900 年）

上，头部印有"云南同庆号"牌匾字样，中间为云龙、白马和宝塔图案，边框是4条不见首尾的游龙，表达了天地人三才和谐以及天圆地方、兴旺发达的美好愿望。

清光绪三十年（1904），清政府颁布施行《商标注册试办章程》和《商标注册细目》。同庆号便以"龙马图腾"向朝廷申办了注册商标，进一步确立了"龙马图腾"标志。这一标志在注册使用近14年后，于民国九年（1920）开始短暂更换或同步使用"双狮旗图"标志，也就是茶人们认知里的"双狮同庆号"。

对我而言，30余年的茶事经历，百年号级茶大多并不陌生，有些茶品还不止一次地品评、鉴尝过它们的传奇滋味。在这些百年号级老茶中，同庆号也是接触和品鉴最多的茶品。但是除去2010年前后，我们组团研究近代普洱茶史时，领略到业界比较认可的茶

同庆号内飞

品外，其余或因时，或因地，再或因人……对那些号称"百年同庆号"古董茶品皆有疑虑。

其实，想来也可以理解，茶叶本身属性决定，它就是当世消耗品，加上那个年代人们收藏意识不足，能够传承下来的茶品极为有限亦在情理之中。

时至今日，我反倒觉得那些20世纪八九十年代，在其传承断档期间，资深茶人们复刻仿制的茶品，似乎更为靠谱，深入研究也更有价值。因为，和瓷器等古董一样，康雍乾三代的固然是价值斐然，但是清末、民国，甚至是新中国成立之初的仿制品，同样具有收藏价值，工艺进步原因还可能更具观赏价值。茶亦同理，好的后期复刻仿制茶品除了具有收藏价值外，也更具品饮价值。

"茶人上茶山"，不仅是今天的普洱现象。早在清雍正年间，

1990年代复刻版同庆号

易武就出现数十万人"奔茶山"的壮观景象。此后，凡社会稳定、经济繁荣时期都会出现大大小小不同规模的"上茶山"现象。从20世纪80年代"台湾茶人上茶山"开始复刻仿制百年号级茶，陆续是"香港茶人上茶山""东南亚茶人上茶山"……到90年代达到高潮。在此期间，许多台湾著名茶人奔赴易武，与云南茶科所共同研究传统号级茶，特别是号级贡茶的制作工艺，以现代技术继承古法，改良工艺，复刻仿制并传承下来很多号级经典茶品。

　　矗立在拍品展柜中，灯光下光彩夺目的"二十世纪九十年代中早期龙马同庆号普洱圆茶"便是其中之一。

　　与众不同的是，拍品下面有一张名为"茶人印象"的茶品介绍印刷品。原文如下：

　　龙马同庆号普洱圆茶：二十世纪九十年代云南茶研所和台湾

中国嘉德同庆号展示

陳茶

茶人共同复刻仿制茶品。茶品谨选易武正山百年古树纯料，秉承百年老号"六选六弃"和精细制作工艺，遵循古法阳光晒青、精工揉造、石磨压饼。目前，陈期约30年。饼面深褐油润，条索紧结；香气陈木药韵，持久高长；色泽深邃红润、通透明亮；茶汤浓稠厚酽，汁水含香；口感宽广饱满、苦涩均弱、柔中带刚、绵密细腻；气势磅礴遒劲，体感延绵不绝。印象百年老号，再现贡茶肌骨，颇有大家风范！

  这熟悉的语气，正是我去年品饮此茶给出的"印象"。再询拍卖行，其言："此茶品不会上拍了，因为有收藏家给出了超出拍品藏家心理预期的价格，私下成交了。"

  独钟所欲而不得！且不知，经谁之手，又落谁家……

LOT 3624
《号级茶》龙马同庆号圆茶

茶厂：同庆号茶庄　　　　重量：316g（带玻璃纸）
工序：生饼　　　　　　　数量：1片
仓储：自然仓偏干　　　　成交价：人民币 517,000

黑标『杨聘号』

2023
立夏
易武古镇

2018年11月23日,香港仕宏2018秋季拍卖会在香港湾仔港湾君悦酒店举行,其中1饼百年珍藏古董级普洱茶"杨聘号"以180万元港币的惊天价格落槌成交。

"杨聘号"是普洱茶界为数不多的百年老字号茶庄,不仅仅是其中生代茶品曾与我结缘,助我"自度":乌云密布的2005年5月,突遭失恃之痛。无母何恃?惴惴然难报顾复,便独居城西白塔寺思过,唯有1饼"90年代杨聘号"古树生茶陪伴,数月光阴,语茶浓淡,苦甜相交,终获"自度"。

翻开近代茶叶历史,重温"杨聘号"的传奇,却也颇有"自度"色彩。

1912年,"杨聘号"茶庄在云南倚邦建号。倚邦茶山明代初

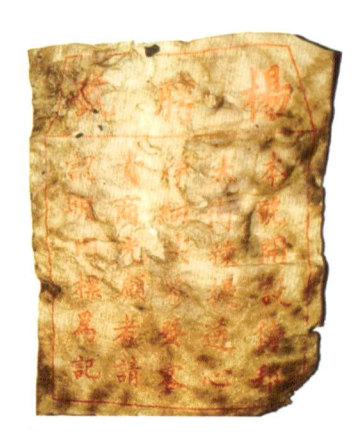

杨聘号历史图片和内飞

期已是茶园成片，从雍正十一年（1733）开始，普洱茶由倚邦土司负责采办，"杨聘号"被指定为皇帝专用贡茶，是清乾隆至咸丰年间普洱府贡茶的采办地。清末民初，滇西陷入战乱，茶农们纷纷逃离，远去他乡，倚邦也随之没落，曾经兴盛一时的产茶胜地变得人烟稀少，异常萧条。这一段历史往事在詹英佩先生所著《中国普洱茶古六大茶山》一书中亦有详细记载：

1910年左右，已经下滑的曼庄染上大瘟疫，全寨子两百多户人家一千多人，一个月不到就险些全殁，幸存下来的仅十来户人家。此场灾难摧毁了曼庄，曼庄大寨一片凄凉，商旅马帮不进曼庄购茶，幸存的村民生活艰辛。

民国八年(1919)左右，外寨的茶农迁进曼庄，外地的商人又进曼

红标杨聘号

庄，如今在海内外许多人都知道的杨聘号老板杨聘三，也在这个时候来到了曼庄。杨聘三名杨朝珍，元江县洼垤人。1918年，杨朝珍（杨聘三）和两个弟弟杨泗珍、杨儒珍（杨幼楼）一起从元江洼垤来到倚邦街。杨朝珍（杨聘三）和老二杨泗珍长住曼庄收购原料，原料收好后用马驮到倚邦，老三杨儒珍（杨幼楼）在倚邦加工七子饼茶；秋冬两季杨朝珍（杨聘三）、杨儒珍（杨幼楼）又租牛和马将七子饼茶驮到越南莱州出售，所以杨聘号茶庄实际是杨氏三兄弟合办的。

杨朝珍（杨聘三）来曼庄之前在元江老家有个原配妻子，到曼庄后又娶了彝族姑娘普三妹为妻。杨聘三在曼庄住了十多年，1937年离开曼庄后再也没有回过曼庄，杨聘三回元江后惦记着曼庄的妻儿，三年后又托人将普三妹和两个儿子接回元江注（洼）垤。杨聘三有四个孩子，二男二女，普三妹离开曼庄时将16岁的大女儿嫁给

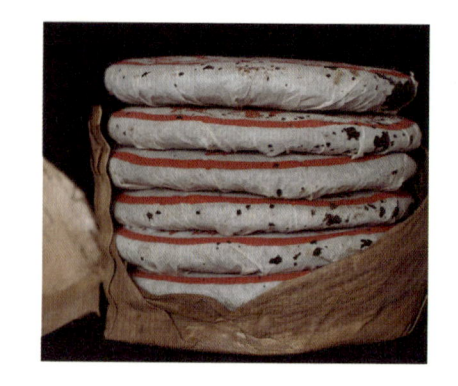

整筒红标杨聘号

了易武的黄兰生，将13岁的小女儿送给了曼庄卫家做童养媳。杨聘三的两个女儿现已80多岁，还健在。杨泗珍（老二）、杨儒珍（老三）在抗战爆发后茶叶无人收购，回了洼垤，杨氏三兄弟分别于1949年、1950年、1953年病逝于洼垤。

新中国成立后，全国进行了大规模的公私合营，实行计划经济体制，云南省内只被保留了勐海、昆明、普洱和下关四家国营茶厂，按上级下拨的生产计划量生产茶叶。直至20世纪70年代，包括"杨聘号"在内的私营茶号，才开始小批量生产海外藏家茶客特别定制的茶品，以此维持生计。后来，随着普洱茶收藏热在香港、台湾以及东南亚等地兴起，20世纪90年代，海内外许多茶人、学者纷纷踏上普洱茶源头的崇山峻岭，寻找百年老茶庄的后人，复刻号级茶品，希冀恢复普洱茶的旧日荣光。

就是在这样的历史背景下，香港收藏客巧遇了当年"杨聘号"老茶庄的传人。经过攀谈，详细了解其从选料加工到制茶出品的全部生产制作过程。决定借鉴当年"杨聘号"老茶庄的制茶方式，复刻制作出首批传承百年的"大杨中"杨聘号经典老生普洱茶。

首批复刻版20世纪90年代"杨聘号"普洱七子饼古树生茶（以下简称"90年代杨聘号"），选料是易武正山古树茶菁，采用古法石模压制，茶饼圆整匀齐，直径19厘米，净含量380克。每饼茶面浮压（高6.8厘米，宽5厘米）的立式内飞，白底红字，内文有"杨聘号"等32字：

"杨聘号，本号开设倚邦大街，拣提透心净细尖发客，贵商光顾者，请认明内标为记。"

茶饼采用传统绵纸包装，版面正上方弧状排列"杨聘七子圆茶"，中间为黑标大"杨"字，下方标注茶庄名称。成茶30余年，香港干仓存放，因存世稀少，市面鲜有流通。

茶底和茶汤

倚邦茶树相比易武茶树较为低矮，倚邦茶区是云南省内最早种植小叶种茶树的茶山。其典型特点是茶汤清香，茶气韵足，水薄微酸，滋味清甜，口感柔滑，舌面生津，舌底鸣泉。

岁月留痕，时光浸润。30余年的陈期，茶饼已被打磨得乌褐光亮、金芽油润。阔别18年，而今再饮"90年代杨聘号"，我越发觉得普洱茶经时间转化得愈陈愈香，深深感到珍藏茶品也是愈喝愈少。

醒茶、温器、冲泡、开汤。茶香陈醇馥郁，汤色红浓明艳，汤汁稠厚丰足，滋味厚酽柔润，生津汹涌澎湃，回甘绵密深远，气韵酽强劲烈。口腔层次感丰富，刺激性明显降低，已达到"香、滑、醇、活"的境界。汤感顺滑，喉韵十足，甘甜盘旋不散。茶汤耐泡度高，令人回味无穷。

蓝标杨聘号

伤痛的时候，千万不要说话，也不要做任何决定，安静地喝茶。要知道成年人的伤痛和谁说都不合适，除了语茶。真正的强者，是夜深人静时，把心掏出来，自己缝缝补补……万般皆苦，唯有"自度"。

从前总以为是时间治愈了伤痛，如今饮茶开悟，能治愈伤痛的从来都不是时间，而是一泡用时间凝炼出的老茶，所带给我们的通透与释怀……睡前原谅一切，醒来便是重生。

半山传承『陈云号』

2023 初春
廊坊嘉木堂

陳·茶

"易武有个刘葵光，曼腊有个陈半山，一个镇南，一个盖北。"

据说云南省勐腊县易武乡的曼腊茶山，有一半茶园都姓陈。陈云茶号的主人陈石云，人称"陈三"，绰号"陈半山"。

说起"陈云号"普洱茶的历史，最早可追溯至清代（约1880年），其兴盛于清末民初时期（约1900—1933年），是当时云南省最大的普洱茶商之一。

当时，陈石云把"陈云号"茶庄设在热闹繁华的易武古镇。他十分重视茶品质量，对原料采选极为苛刻，制作工艺非常考究，茶品质量异常优秀。因此，"陈云号"茶庄的普洱茶品深受各地茶商青睐，特别是当时的莱州（今越南河内）茶商更是极力追捧，茶号也随之发展壮大起来。20世纪初，陈云石病逝，"陈云号"茶庄交

百年陈云号

由大女婿宋祖兴操持。此后，宋祖兴继承家业，独自承担起"陈云号"普洱茶的制作和销售，并进一步把茶庄的事业发扬光大。其茶品远销越南、香港等地，占据东南亚三分之一的市场份额，在一代又一代的港台茶友心中的地位无可取代。到了1933年，"陈云号"茶庄拥有骡马60余匹、驼牛100余头，达到鼎盛。

1934年，由于战乱和灾荒，社会经济日渐萧条，"陈云号"茶庄开始"体力不支"，经营入不敷出。宋祖兴虽极力支撑，却难以改变茶行业的低迷大势，"陈云号"茶庄最终还是走向衰落。

1951年，当驮队将最后一批"陈云号"普洱茶品运抵老挝孟塞后，"陈云号"茶庄宣告停产歇业，就此销声匿迹……

20世纪90年代初，云南省普洱市举办"中国普洱茶节"，同

1990年代初复刻版陈云号

陳·茶

时召开"中国普洱茶国际学术研讨会"。参加这次活动的各国家、地区专家学者超过200人,其中新加坡、马来西亚和中国台湾、香港等普洱茶传统销售国家和地区的茶人,首次在祖国大陆因普洱茶相聚、发声。研讨会上,台湾师范大学教授、台湾"中国普洱茶学会"创会会长、著名学者邓时海发表了"越陈越香"的主旨演讲,现场激情澎湃,瞬时便勾起许多台湾茶人"复兴易武"的想法。他们渴望回到"易武"这块普洱茶的圣地,去探寻百年号级普洱茶的历史印迹。后来,为了完成这一心愿,以陈怀远、吕礼臻、曾至贤等"台湾中华茶艺联合促进会"成员为代表的20余人,几经辗转,终于抵达勐腊县北部的易武古镇。在"复兴易武"信念支撑下,他们联合当地资深茶人,坚持复刻百年号级普洱茶品,经百般调试,制作出了轰动茶界的"明星"——"真淳雅号"普洱茶品。

整筒复刻版陈云号

而"陈云号"与"真淳雅号"一样，以港台茶商私人定制，经典复刻百年号级茶的形式，开启了整个当代普洱茶史的崭新篇章。"陈云号"普洱茶在沉寂40余年后，以顺应"复兴易武"的时代浪潮而获"重生"。与众多复刻版百年号级普洱茶共同迈出了划时代的脚步，虽说仅是易武茶的一小步，却成为普洱茶的一大步。因为它们的"重生"，对于整个普洱茶领域的贡献而言，足以媲美文化领域"文艺复兴"的贡献价值。

在这之后，随着茶界和市场对易武茶认知的逐步深入，业内闻名的"易昌号""绿大树"等传奇性易武茶品层出不穷，昂立于世。普洱茶行业迎来了从"万马齐喑"到"百花齐放"的巨大变革，此后局面大开，如同滚雪球一般，蓬勃发展至今。20世纪90年代复刻版易武"陈云号"普洱青饼，也成为"复兴易武"的先行者、探索者之一！

"陈云号"作为清末民初著名普洱茶号，成为五大古董号级茶

陳·茶

庄之一，其出品的百年普洱茶品，曾屡屡登上各大高端拍卖会，并被拍出天价。以时间为序，我简单整理出几场"陈云号"百年普洱茶品的拍卖资料，已足见其收藏价值之惊人。

第一场拍卖：2009年12月6日，华艺国际（北京）冬季拍卖会，"稀世珍藏——顶级葡萄酒与普洱茶"专场，1片陈期90年以上白纸黑字"陈云号"圆茶（约287.6克），估价为：15万—25万元人民币（成交价不详）；

第二场拍卖：2021年11月27日，保利（香港）秋季拍卖会，1提（原筒7片）白纸黑标百年"陈云号"圆茶，以840万港元落槌成交，单片价格已高达120万港元；

第三场拍卖：2021年12月8日，苏富比（香港）冬季拍卖会，

LOT 1456
百年 陈云号青饼（白纸黑标）

工序：生饼
仓储：干仓
重量：约2200g
数量：一筒7片
成交价：人民币 8,400,000

LOT 128
百年 陈云号绿纸黑标（邓时海签名）

工序：生饼
仓储：干仓
重量：约2200g
数量：一片
成交价：港币 780,000

1片20世纪初白纸黑标百年"陈云号"圆茶（约270克），估价为90万—120万港元（成交价不详）。

初春清晨，东方一抹鱼肚白，窗外银杏枝丫吐绿，一苞苞地发出芽来。闲翻邓时海先生所著《普洱茶》，恰是"陈云号"圆茶详解，顿起饮茶之意……

《普洱茶》一书中这样介绍"陈云号"圆茶：

"陈云号"圆茶每一饼茶都埋贴有一张内飞纸，长6厘米，宽4.5厘米。人们以内飞颜色不同取名，因此有"陈云号·白纸蓝票""陈云号·白纸黑标"等名称。

记得邓时海对"陈云号"圆茶还曾给出较高评价：

"陈云号·白纸蓝票"延续"白纸黑标"的传统风格，在陈云号系列中属最高档次。茶饼由原筒拆存，品相良好，原料来自祖传

茶底和茶汤

的古树贡茶园，遵循百年传承精制，手工石模压制，饼面色泽深栗油润，条索粗壮匀整，芽毫匀称，经过几十年的陈化，茶汤呈栗红色，茶香清雅高扬，水性醇厚顺滑，回甘生津，舌底鸣泉，蜜韵明显，余韵久久不散，内质丰厚，久经耐泡，至柔至甜至醇至润，茶气强劲，气韵上下贯彻，心扉舒坦。

"陈云号"普洱茶用料讲究，做工精细，采用易武正山大叶种乔木茶菁，条索扁短肥壮，饼面色泽深栗，口感霸气、茶气强劲。长年储存，其滋味令人期待与向往。因此，"陈云号"被称为最富陈韵的百年普洱茶。在号级茶中，此茶的雅韵正味尤为丰富，经百年久藏，沉香敛聚，陈韵悠扬，口感独具贵气，充分展现了易武正山茶的香甜醇和。

因为时光珍存，才有无量茶味，在岁月暖香中带给我们不仅是对老茶的无穷回味，更是对故人的无尽思念！回味中泡饮这20世纪90年代复刻版易武"陈云号"普洱青饼，一斟一饮之间，体会普洱茶与时间相互交融的味道，似已寻得其先辈印迹和可期未来……

品读「永聘号」

2022 端午 廊坊嘉木堂

陳·茶

父亲已逾古稀之年，虽说前几年有过一次脑梗，但好在救治及时，如今依然精神矍铄。

每逢周六，与父亲喝茶午餐已是约定俗成。记得有一次曾问及他，母亲去逝多年，一个人是不是很孤独。

"孤独！"他抬高腔调，"你给我那么多好茶老茶，天天有人来蹭着喝，晚上都有，还孤独？我要不坚持，周六你都约不上我了！"望着他自豪的神情，我陷入了深深的沉思……

如此看来，终有一天我们也老了！无论身在何方，有好茶老茶就会有朋友，有钱却不一定……因为，友情一旦关涉到钱，就会变得没那么纯粹了。

若是有好茶老茶，朋友找你喝茶，虽有贪图口腹之欢的嫌疑，却也只是以茶会友。名义上是喝茶，实则是陪伴、分担你的孤独。

所以，有好茶老茶的人，就会有朋友，也就不会觉得孤独。

对于我辈茶人而言，因茶结缘，与友人分享、品鉴好茶老茶，友情便会不断升华。与茶为友，便可独自面对它那随时间而改变的风度与内涵。恰如"永聘号"普洱茶，肌体纯正，风骨纯粹，又在岁月里炼化出纯真的精神，与之莫逆于心，早已相与为友。

"永聘号"诞生于20世纪90年代，虽是易武老字号茶庄，但究其制茶历史，却和其他号级茶不是一个概念。只有透过创始人黄勇先生，才能真正了解它是怎样的"号级"普洱茶。

黄勇出生在"茶马古道"的起点，那个"百年号级茶"云集的易武古镇老街。先祖们世代以制茶、贩茶为生，清代曾参与过贡茶制作，并将贡茶制作技艺传承下来。自幼深受易武老街茶贸易的

2023 年永聘号

陳·茶

影响和制茶世家茶文化的熏陶，使他很小的时候便在玩耍中接触到茶，不知不觉对茶产生了深深的热爱，以至于后来将茶升华为自己近乎"神明"般的信仰。

20世纪90年代初，他开始逐梦古树茶，思考并谋划着创立"永聘号"，以"永恒品质，聘选制优，号记丹心"为座右铭，推广云南普洱茶古树文化。他心怀诚恳，多次深入各大茶山探寻古树茶园基地，在满足国家标准基础上恢复贡茶古法传统工艺，造就优质茶品。早在"山头茶""古树茶"未被关注之前，他就开始专注研究"名山古树茶"，为此倾注大量心血，逐渐形成了"永聘号"野生古树茶品系列。他一门心思扑在研究和制作优秀茶品上，却忽视或者说是不屑于对品牌的推广和宣传，所以无论是书刊里还是网络上关于"永聘号"的资料都是少之又少。

现在，易武古镇老街上的"永聘号茶庄"已成为业界认可的普洱茶老字号，这是他多年间用心血浇灌茶品，再以茶品慢慢垒砌起来的"金字招牌"。

"'永聘号'出品的每一

2002年永聘号125克原筐

款茶品都是经过千锤百炼，精雕细琢，遵循手工石磨压制。手工石磨压制的传统制茶工艺为茶饼后期转化留有呼吸与喘息的空间，可以帮助茶饼转化得更好更自然。"邓时海先生曾在《普洱茶》一书中，对"永聘号"普洱茶做出过极为赞赏的评价性介绍。

读书明理，品茶益思。关于"永聘号"普洱茶，不敢说全篇读透，但至少可以算是通读其易武正山野生系列茶品。每每品读其精要之作，都感触颇深而点滴为记……

起点1999

第一次喝到"永聘号"普洱茶，已记不清具体时间了。当时是个"无头无尾"的喝法，亦不知是哪个年份的第几泡茶。只觉得"易武之风劲烈，茶气冲击力较强"，匆匆几杯，便离席而去，虽算不上是品茶，但也给我留下了"好茶"的深刻印象。此后，每当遇到"永聘号"普洱茶，都会着重关注，仔细品饮，久而久之，已阅之无数。却不知何时？何因？竟然形成了对它易武正山野生系列茶品的特殊偏爱！

直到2019年秋天，有一次在广州芳村与祖雄、蒙坚等茶友茶会时，才真正从它的起点上，品读到"永聘号"易武正山野生茶品的滋味。

陳·茶

　　从清末易武镇衰落，到20世纪80年代末90年代初，时代沧海桑田，它却被阻隔封藏在崇山茂林之中。百年风云变幻，终于20世纪末，茶人们开始追寻传统制茶技艺，才缓缓推开它沉重的大门。因而涌现和传承了这个时代的第一批古树明星茶品，"99永聘号"在此背景下横空出世。

　　当年，这批茶品刚一流入市场，就被香港、台湾和马来西亚茶商热捧，进而瓜分殆尽，国内市场鲜有见到。后来，其回流返销到广州芳村，这才引起内地茶叶市场的强烈反响，赢得茶商藏客们的一片赞扬之声，竞相收入囊中。

　　在专业存储条件下，"99永聘号"很快进入"陈期"阶段，药性初显，苦涩隐退，这个时间大约为5—6年。之后的"旧境"阶段，由苦转甘、由涩转滑、由青转醇、由劲转厚、由锐转活、由寒转暖，"甘""醇""厚""滑""活"次第产生，五味俱来，这个过程发生在6—20年间。至此，来到了它的"最佳品饮期"，暖性圆满、五味俱足、入口饱满、口舌生津、醇厚端正、韵味宽广，隐隐表现出易武"古董号级茶"的风

1999年永聘号

范，成为未来可期的收藏珍品。

1999年压制，500克规格的茶饼是"永聘号"建号的首批易武正山野生茶品。易武核心产区乔木古树原料，按照传统七子茶饼的加工工序，手工石磨压制，每筒七片，六根竹篾捆扎，成为传世经典。

岁月悠悠，历经20年的干仓转化，茶饼呈润泽的栗黄色，条索肥壮匀齐，茶芽金黄显毫，干茶兰花果香之气扑鼻。汤色深红透亮，野生茶特有的山野气韵明显。汤汁略苦，很快化开，梅子香韵突显。入口顺滑，清爽舒适，浓厚的蜜甜韵生于两颊，甘津不断。入喉无感，水路细腻，香显于汤，沉稳有力，回味无穷。茶气高扬，爆破感强，充盈口喉，拍击全身，令人虚幻间荡漾于空灵世界！

典藏2001/2002

自在追香，永聘重水。正如兄嫂黄良夫妇的"观自在"一样，黄勇的"永聘号"亦是小众高端品牌。不同的是，相比"观自在"的极致茶香，它则是更加注重汤水滋味。

"香扬水柔"是易武茶被普遍认可的特点，而"永聘号"易武正山野生系列茶品，可能真的是凝聚了世界上所有的"温柔"！

喝一口，你对温柔的所有理解，都能在体感中印证。

喝一口，你对温柔的所有期待，都会在顷刻间成真。

陳·茶

很少深夜饮茶，然而这次是个例外。2019年冬至日，寒夜孤灯，窗外是漫天大雪……身靠在软榻上翻看邓时海先生所著《新生普洱年鉴》。"喉韵深长，且带着久久不散的优雅甜香。""是边喝边藏的优选。"这不正是对"永聘号"易武正山野生125克和150克典藏小茶饼的记载吗？心血来潮，比照书籍，取了2001年150克和2002年125克"永聘号"小饼，顺着邓时海的评价，对泡畅饮……

这两款小饼茶品，是经典易武正山野生茶特色的代表，是"永聘号"茶品体系里身材娇小，但地位不容小觑的典藏级成员。这两个规格的茶品自2001年首创，此后一直沿用。

它们在选料上，较之其他茶品更严苛，只用易武正山茶区优质野生古树春茶茶菁，严格按照"一芽一叶""一芽两叶"的标准采

| 2001年永聘号 | 2002年永聘号 |

摘。以改良的传统贡茶古法手工石磨压制成饼，松紧适中，竹篾扎筒，更利于后期陈放转化。

饼形圆润油亮，端庄匀称。饼面干净清爽，条索清晰完整，色泽乌褐显毫。撬开干茶，果木甜香四溢。虽然规格不同，毕竟年份只相差1年，故而上述印象几乎相同。

相同的盖碗、茶量、水温，坐杯、出汤节奏同步，其表现更是出奇的一致。注水出汤，汤汁呈浅栗红色，透彻洁净。入口醇厚、饱满绵柔，突显的梅子韵和纯足的蜜蔗甜融于茶汤之中。饮后，兰桂高香、果胶质感和樟木陈韵，回旋于口喉之间，久久不肯散去。继而是绵绵不绝的回甘生津，充盈两颊，沁润肺腹，暖嗝缓打，茶气游走全身。

这是一场易武正山"甘甜至味"，深刻诠释"纯柔之美"的身心体验，身心俱醉之下，我彻夜未眠……

标杆2003

最初以为时间可以冲淡一切，而黄勇却以其"逆时"的恒心与毅力，制作出跨越时间经纬的作品。他聘请专家、召集茶农专心研究，以清代贡茶的选料和工艺标准制作易武正山野生古树系列普洱茶品，再现易武当年"十万茶人进茶山"的恢宏气势！

同样的易武正山，"永聘号"凭借黄勇的"匠心独运"，却能带给我们超越茶品本身的不同感受。

　　就拿书桌上这饼2003年400克的易武正山野生茶品来说，在过去的18年里，我曾经不止一次地品尝过它的滋味。虽然是不同时间节点，不同场景人物，滋味大有不同，但同样不变的是，茶品里蕴含的那份"匠心"所折射出来的茶人精神。

　　与其他茶号不同，400克茶饼在"永聘号"茶品中算是常规规格。悠悠岁月，时间把这沉甸甸的茶饼打磨得熠熠生辉，捧茶在手，隔着绵纸都能闻到陈年老茶的纯正茶香。拆开绵纸，被时光凝聚起来的浓郁香气，扑面而来，隐约里包藏着一股生命的力量。饼

2003年永聘号

面色泽乌亮，条索粗硕匀齐，盘踞中颇有张扬欲出的脱凡气质。

投茶、注水、出汤……茶烟升起，浓醇的陈木质香四散开来，娓娓述说它的经年累月。涌动的红浓茶汤，在灯光映照下璀璨惊艳，缓缓分茶，挂壁逡巡，波光粼粼。

头泡茶入口。汤感沉稳厚润，黏稠的果浆感明显，无须吞咽，便可丝滑过喉，苦涩基本散去，水路厚而细腻，上颚挂定甜滋滋的茶韵。

二泡茶入喉。陈香、参香进一步显现。一杯杯落肚，喉润头清，平和顺滑中伴随着持久的甘甜、绵柔的津汁，突出了易武正山的"香扬水柔"！

三泡茶入心。所谓入"心"，更准确地说是入肺腑，入丹田。甘甜的茶汤，裹挟着高长的茶香、润爽的茶味。难以捕捉的津汁从口腔四壁涌来，令人促不及防，只能机械地不停吞咽。顷刻间，这一股温热之气贯满全身。

五泡茶气扬。随着温热的茶汤和生津、回甘的汁液，厚重而强劲的茶气涌起。三五盏茶过后，脸颊、头顶、背脊、手脚微沁热汗，浑身通泰豁然，由内而外地松弛下来，灵台也随之变得更加空明澄澈。

茶饮至十五泡，才缓缓进入尾水阶段。茶汤滋味依然深刻，古檀般陈香隐隐在喉，细韧绵甜，历久弥新。

品鉴过"永聘号"的易武正山野生系列茶品，方才明白"易武茶是喝茶之人最后的归宿"这句话真正的含意。扪心自问，或许我可以成为邓时海曾经预言的"有好茶老茶，就会有朋友，就不会孤独"那样的愉逸老茶人……

2006 年后永聘号

瑞贡天朝「车顺号」

2022 仲夏 易武博物馆

陳·茶

步入易武博物馆，"瑞贡天朝"金字匾额悬于正中，虽然有些陈旧斑驳，却是坚如金石，熠熠生辉，嵌在那里，淡看风起云涌，时代变迁……

在资深茶人的圈子里，流传着"古董号级茶"的传奇故事。

何为"古董号级茶"？

长久以来，说法不一，有一段史实却始终无法改变。

清雍正七年（1729），易武划归普洱府，成为贡茶采办重镇。乾隆年间上万汉人移垦易武，茶园新增3万亩以上，逐渐进入茶马古道"商旅不绝、马铃充耳"的辉煌时代。从道光到光绪的80多年中，易武经济迅速增长，取代倚邦成为当时最大的茶叶加工生产和

| 车顺号简介 | 车顺来（车顺号创始人） |

出口贸易中心，易武茶业进入最为繁盛的时期。在此期间，也陆续涌现出同庆号、宋聘号、同昌号、车顺号等众多私人茶庄、茶号，以各家字号命名的"号级茶"也随之诞生。因此，茶业界普遍认可的"号级茶"概念是：从清道光年间到1957年普洱茶公私合营完成之前，云南私人茶庄、茶号出品的普洱茶品，统称为"号级茶"。

易武"车顺号"，便是其中的佼佼者，与同庆号、宋聘号和同昌号并称百年古董号级茶的"四大天王"。

1839年，易武古镇车氏家族的始祖车顺来，创办了"车顺号"茶庄。次年，他参加科举乡试、会试，取得贡生学位，为感念朝廷的知遇之恩，敬献了自家"车顺号"茶庄制作的普洱茶。道光皇帝

道光御笔"瑞贡天朝"匾额

品饮后龙颜大悦，大为赞叹："汤清醇，味厚酽，回甘久，沁心脾，乃茗中之瑞品也！"当即御笔亲题"瑞贡天朝"四个大字，赐誉"车顺号"茶庄，并加封他为"例贡进士品位"，又钦命造办处将"瑞贡天朝"制成长七尺三寸二分，宽一尺八寸，厚一寸五分的金字大匾，赐给"车顺号"茶庄和车氏家族，特许其世世代代悬于门楣之上，以示荣耀。同时，赐车顺来"例贡进士"顶戴官服，遂命其每年按规制向朝廷和皇宫大内进贡"车顺号"茶庄的茶叶制品。

迄今为止，"瑞贡天朝"匾额是中国茶叶历史上唯一的皇帝御笔亲题、御制赏赐并保存较为完好的匾额，成为云南普洱茶最高荣誉的见证，使之风靡清代宫廷，进入皇亲贵胄和各级官员相互交往的礼单，甚至被作为国礼馈赠藩属各国和外交使节。一时间，上

车顺号旧址

至宫廷官府，下至平民百姓，近至中原大陆，远至东南亚等海外地区，处处可见"车顺号"，从此天下闻名。

据相关资料显示，"车顺号采摘自家茶山大叶种优质生态茶叶，手工制作女儿茶、人头金瓜茶、纱巾紧拧拳茶、七子圆饼茶和竹香紧压茶等系列茶品，远销西藏、新疆、港澳台和南洋各地，深受海内外客商的青睐"。

2016年夏秋之交，我与祖雄、蒙坚为伴到佛山访友，偶得2004年"车顺号圆茶"。因知其历史以来，每款茶品几乎都是选取易武正山野生古树上等茶菁为原料，采用传统炮制贡茶的独特工艺，坚持一口料，不拼配、不撒面，表里如一，并且限量生产，故此，我们在期待中初尝了它的滋味。

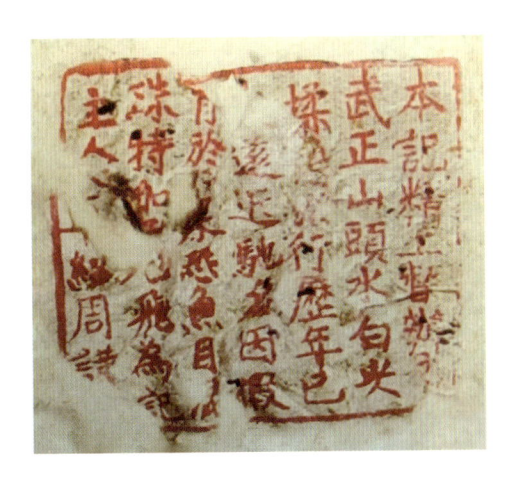

筒飞

内飞

整体感受是：茶品陈期十二三年，刚刚进入中期茶初级阶段，但由于选料、工艺和仓储的原因，使之茶性稳定和谐，汤色金黄透亮，香气浓郁持久，口感醇厚浓酽，回甘快生津足，饮之回味无穷。再现了当年道光皇帝赞誉"汤清醇，味厚酽，回甘久，沁心脾，乃茗中之瑞品"的卓绝风采。

时间一晃，又过去六七年，泛黄的绵纸包裹着茶饼，掂掂400克的分量，闻闻干茶的香气，用茶针再次撬开那段尘封的记忆！

器用120毫升紫砂水平壶，投茶5克，与三五知己围着百年荔枝根，煮水温杯，赏茶品味……

审视干茶色呈深栗，油润光泽，条索偏长，梗叶一体，白毫粗硕，自然优美，俨然已是一饼普洱老茶。紫砂壶性中透气，能够让

2004年复刻版车顺号

年份老茶更好地发味留香。

缓缓入水，茶叶渐展，深邃的果木香飘然而至，转瞬就是易武正山转化而来的浓醇蜜香。透过氤氲的茶烟，茶汤微红油润，通透明亮，分杯啜饮，滋味浓酽，回甘悠长，生津强烈。细细品味，清爽的"梅子香"过后，是糯香、果香、木香交融的至醇香韵，饱含岁月味道。磅礴的茶气，充盈在口腔与胸腔之间，混合凝结成强大的冲击力，直入丹田，弥漫全身。

"十里不同天"，易武古茶山海拔落差大，得天独厚的地理位置、土壤、水质及气候条件，成就了茶品的特殊甜润口感。这是一场令人身心震撼的盛宴，尘封许久的往事历历在目，全然不知自己已经置身它漫长而精彩的故事里，回不过神来！

鲁迅先生曾说："有好茶喝，会喝好茶，是一种清福。"对我们而言，结缘老茶就是"清福"。开启它，仿佛走进线装史书，感受字节跳动的娓娓道来，徜徉在名书竹帛、解读经典的世界，带给我无尽的温暖和力量。

陳·茶

◎ 有好茶喝　会喝好茶　是一种清福

回溯「号印」遗风

2023 隆冬 廊坊僮约台

陳·茶

"号级""印级"茶，代表着普洱茶近代史上的两个辉煌时代。回溯百年遗风，如史诗般雄浑壮阔，气度恢宏……

据普洱藏家们说，"20世纪90年代末期敬昌号易武正山乔木黄印普洱青饼"（以下简称"90年代敬昌黄印"），源自敬昌号茶庄的百年制茶工艺和黄印系列茶品的经典配方，二者珠联璧合，从而谛造出一款优质的普洱茶品。

以时间为轴，先来说说"敬昌号"。

1918年，一位名叫马原武的回族商人，在云南华宁盘溪开设"源馨斋"酱油铺，通过酿制酱油淘到第一桶金。后来，他又带着族人开始跑马帮，做外贸，把河西的布匹、酱油、烟丝、铁铜器皿等驮运出去，又将茶叶、鹿茸、象牙、熊胆等物品驮出昆明，很快

敬昌号历史照片　　　　　　敬昌号内飞

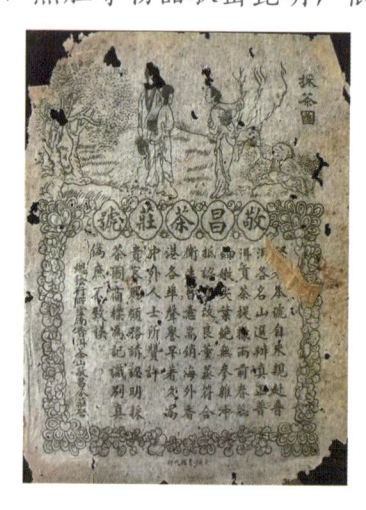

便完成了原始积累。于是，他在昆明开办了"原信昌"商号，生意迅速遍布云南各地。当时"原信昌"昆明总号业务由其第三子马同惠（字泽如）负责，墨江分号业务由其第四子马同恭（字敬修）负责，同时兼收中药材及茶叶。商号经营中，他们发现中国香港、泰国、老挝、缅甸等地，对普洱茶的需求很大，经商议决定在地处三江交汇、交通较为便利的江城建厂制茶。

因为马同恭（字敬修）字里有个"敬"字，"原信昌"商号名字里有个"昌"字，故此茶厂取名"敬昌号"。

"敬昌号，采用曼洒茶山上最好茶菁精制而成。曼洒山包括西双版纳易武的曼洒、曼黑、曼乃、曼腊4个乡。敬昌茶庄属私人茶庄。1921年时，敬昌茶庄是江城地方最大最有名的普洱茶庄之一。"这是《云南省茶叶进出口公司志（1938—1990年）》中对"敬昌号"的记载。

虽然茶厂建在江城，但是茶源依然采用易武、曼洒茶山的优质茶菁。加之其压制技术一流，饼体丰满而富有韵致，饼面条索凹凸有致，芽叶排列匀齐，筋脉显现清晰，饼缘线条优美，节奏感强烈，手触养手、目测美目；香气滋味系野樟型，气韵馥郁，高扬袭人，汤性极柔，入口即化，为普洱茶品中最为细滑的典范。很快，敬昌号凭借优质的茶品在当地站稳脚跟，并且逐渐发展成为江城最大最有名气的茶庄之一。

陳·茶

当云南私人茶庄茶号纷纷介入普洱茶海外市场的时候，敬昌号已先人一步选取最优质的茶菁，以"七子饼茶"形制为主，运往越南、泰国和中国香港等国家和地区销售，快速在海外市场占据一席之地。敬昌号茶品最初进入香港市场，由于是新兴品牌，口碑不敌宋聘号、同庆号等老牌茶品，不得已采取低价出售的策略，但反响平平，直到20世纪40年代抗日战争时期才迎来转机。

1940年至1941年，滇越铁路运输吃紧，各商号茶庄积压大量茶叶，现金流通十分困难。"原信昌"商号利用资金充裕的优势，大量收购普洱茶菁，由敬昌号制成茶饼，通过泰国运抵香港。因其优秀的口感表现，给香港茶商茶客留下良好印象，进而又成为他们对那个时代特殊的深刻记忆……

整筒敬昌号

据茶学专家研究，在那个年代，云南私人茶庄茶号中，要推同庆和敬昌圆茶的工序、技术最为精良。如茶饼压制技术、笋筒包扎技术、竹箬篾条材料、内飞内票的设计印刷，以及贮存陈放方法等都是最高级的。尤其是每筒敬昌号圆茶里，都有一张精美的版画内票，白底绿色，寥寥几笔，勾勒出三名少女采茶的画面，生动活泼地反映了清代大茶山的最真实写照，再加上由右而左的"敬昌茶庄号"字样，构图精美，极富艺术价值。

2017年5月，仕宏春拍"古董级普洱茶及佳茗"专场上，1筒7饼百年敬昌号圆茶，成交价格超过355万元人民币。由此可见，敬昌号圆茶不仅在普洱茶发展历史上有着不可磨灭的重要贡献，而且随着时间的延长其收藏价值亦被更加凸显出来。

再来说说"黄印"。

"黄印"可以说是普洱七子饼茶时代的"代言茶"。它产生于20世纪50年代末期至70年代中期,是"云南七子饼茶"的一个里程碑,同时也是现代拼配普洱茶工艺的始祖。因侨销茶停产的缘故,中茶公司将普洱茶饼名称由"中茶牌圆茶"改为"云南七子饼茶";生产单位由"中国茶叶总公司云南省分公司"改为"中国土产畜产进出口公司云南分公司"(以下简称"省公司")。当时"黄印"茶品有"八中黄印""七子小黄印""七子大黄印""绿字黄印"等。但现在茶人们大都按照外观特点将"黄印"区分为"大黄印""小黄印"和"认真配方"(内飞多了"认真配方"字样)等几种。自1972年土畜产公司成立以后进入七子饼茶时代,"七子八中黄印"启用了七子饼包装(云南七子饼茶),内飞则仍然沿用了

1990年代复刻版敬昌号

印级茶时代的"八中内飞",而"七子小黄印"的内飞已标注厂名,这可能就是所谓的"交替时期"吧!

20世纪90年代,定制普洱茶时代开启。1996年国家取消茶叶出口配额,香港头牌茶商制度随之废除,此前的后期号级茶、7452、8582、8592等茶品非常受人追捧。在庞大的市场需求驱动下,部分茶商嗅到定制茶商机,便陆续找到当时承揽省公司进出口业务的深圳富华公司去定制普洱茶。也是在这个时期,许多单一茶区的普洱茶,易武、班章等山头茶菁原料制作的普洱茶,开始经由省公司体系进入市场,开创了国营茶厂定制山头茶的先河。当时,省公司体系在普洱茶产销市场享有极大话语权,销售端企业和个人不通过省公司渠道很难获得产品,而生产端企业和个人不通过省公司渠道也很难完成销售。

内飞、外包装及印章

陳·茶

"90年代敬昌黄印"，选用易武正山乔木野生大叶种茶菁为原料，由于易武茶区的野生茶树没有经过矮化，品种正统，在百年老茶号的传统工艺加持下，制成茶品与古董号级茶口感滋味相差无几，颇有上古遗风。省公司"七子黄印"原样包装薄绵纸包装，仅在"八中茶"标识下方加盖了一方中英文对照的"敬昌号"印章，1提7饼，笋壳包裹，1件12提，竹筐捆扎，极具时代风格。

执茶饼，细端详，外形饱满厚重，色泽乌黑油润，条索肥壮显毫，芽叶整洁匀齐，仓储转化自然，干香优雅高扬。

泉水沸，静润茶，迷人的烟香飘然而至，杯盏中隐隐陈香馥郁，稍凉梅子香韵突起。茶汤通体橙红透亮，浓稠厚润，滋味醇郁酽劲，入口如啜莲羹。多年陈化，苦涩已消融殆尽，仅存的微苦轻涩，在喉间转瞬化开，浓稠汤汁漫卷着遒劲茶气渐入肺腑，飘飘然已近虚无。果香浓郁，烟韵十足汤细柔润，回甘蜜甜，生津持久，舌底鸣泉，三泡茶后，纯纯的梅子韵渐展于汤水之中。叶底弹润光泽，兰花蜜香，耐泡度高，茶气酣畅，体感劲烈。

若待时，茶稍冷。汤汁的厚稠顺滑度则又上一级，果胶香、陈木香、草药香也更进一层，烟香水韵越发突出，令人如饮甘露，欲罢不能。

缓开汤，慢斟饮。任由身心陶醉于这杯盏之间，在时光滋味里回溯着普洱茶百年遗风……

班章陈韵 极致青花

2023 仲春 勐海布朗山

陳·茶

青瓷浅底。渐白雾漾开，莲花生矣。是色是空，都作平常观而已。何须苦觅修禅计。饮一泡，凡尘都洗。

了于当下，心之静极，一壶茶里。凝睇，回风正好，曳帘角，放入闲庭春气。澹以自容，不过与浮华三千耳。

红尘如梦身如寄。想沧海，尘飞都几。洒然还共邀杯，月天月地。

竹影茶烟，如园胜境。东窗折进夕阳，案几斑驳破旧，"呆鸟"青花瓷罐被金雾笼罩，惹得"对奕亭"内仿若尽是灰黄旧时光。已不知是什么时候，在网络上笔记下这段词句，不想却契合了今日茶境。

班章茶以遒劲霸道铸成王者之名。"老班章"三个字，已成为气势与力量的象征，是茶之王者的代表符号。它稳坐普洱茶界头把交椅，江湖地位堪比"东方不败"。在普洱茶收藏圈子里，谁收藏、拥有或奉献出一款"老班章"，那都是王道壮举。

如今的"老班章"坐拥江湖王者地位，身价不菲，光芒万丈。岂知其在20世纪90年代，却是极为普通，并不为人们所关注。未曾龙袍加身的它，宛如隐于世外的道高之人，只有机缘到者方可知遇。

煮水、备器，称取了6克"90年代老班章散料普洱生茶"（以下简称"90年代老班章散茶"）泡饮。简单操作之下，浓郁的木质香和淡烟香相互交融，四散升腾，飘袅于夕阳金雾中。闭目深吸，徜徉在回忆里不能自拔……

当年，爱茶成痴的何宝强在云南西双版纳，踏遍千山万水、名山名寨，只为寻找普洱茶的本真味道。从南糯到布朗，从贺开到班盆，再到南面的老曼峨，他发现这里拥有连片成群的古茶园，每个茶区的茶质，又由于不同的土壤和气候形成了不同口感。最终，他停留在一个不起眼的小村寨，这个小村寨的名字叫"班章"，也就有了今天喝到的这款"90年代老班章散茶"。

"老班章"普洱茶产区，位于云南省勐海县布朗山腹地，海拔1700—1900米，年平均气温18.7℃，年均日照2088小时，年均降水1341—1540毫米，雾多是布朗山的特点，平均每年雾日高达160.2天。老班章村拥有乔木茶地4700亩，年产青毛茶约50吨，其村址所在地原生态植被、多样性文化保护完好，土壤有机物质丰富，日照足、云雾浓、湿度大，特别适合茶树生长。自古以来，老班章村民沿用古法人工养护古茶树，遵循手工采摘鲜叶、土法日光晒青等传统制作工艺。时至今日，老班章普洱茶仍然坚持不使用化肥、农药等无机物，是纯天然、无污染、原生态的茶叶产地。

呆鸟系列青花瓷罐

陳·茶

"老班章"是标准的大叶种茶。由于生态好、树龄长，所以茶叶肥厚油润，刚刚成茶的毛料绒毛厚密，闻干茶茶味霸气十足，且有特殊的兰花蜜香。其口感更具强大魅力，正所谓：

香气高扬馥郁，汤水细腻稠滑；

生津劲道汹涌，回甘野蜜糖香；

滋味平衡稳定，体感明显强烈。

就像前文所说，20世纪90年代时"老班章"并不被高度关注。因为当时"山头茶""村寨茶"的概念尚未广泛形成，加上这里地处偏远，所以茶叶价格也不昂贵。至此，何天强恍若发现一座巨大宝库，他兴奋之余，一边向当地茶农收购茶叶，一边向海内外茶商推介"老班章"。

罐底落款　　　　　　　　　　茶品细节

进入21世纪，普洱茶的收藏属性逐渐显现，"老班章"声名鹊起。随着收藏圈中开始高价求购有年份的老班章陈茶，其价格也随之"狂飙"起来，而这款"90年代老班章散茶"亦在其中。

醒茶后，杯显陈香，隐约有药香飘逸。俯嗅茶底，梅子香、焦糖香浓郁高扬。汤体橙红深邃，厚润通透。啜茶入口，滋味厚重饱满，汤感醇润稠滑，回甘生津，股股暖流直冲丹田，霸烈气韵，震体撼肤。饮至第3泡，胸背已发热汗，苦涩不显，但藏有内在劲道，老茶的厚重滋味犹如陈年老酒，令人荡气回肠，如醉如痴……如此饮至8泡，忽然一个暖嗝打破了沉醉的舒畅，已有友人按耐不住，开始寻找点心零食来抵抗这汹涌茶气的搜刮，果然时间虽逝，"老班章"却霸气依然。

普洱茶存放是一个非常漫长的过程，茶叶的有益分子倚靠适宜的温度和湿度条件进行生长，因此环境很重要。普洱茶要存放得好，才会转化得好，并不是随便找个地方一丢就能转化出优秀、惊艳的口感品质。可以说，转化是普洱茶的蜕变与重生。

据说，当年何宝强在老班章茶农手中收购的普洱散料生茶大货，一部分销往东南亚和中国港、澳、台地区，另一部分则交予友人在广东一带推广销售。岁月悠悠30余载，如今"90年代老班章散茶"几乎消耗殆尽，存世稀少，故而费了九牛二虎之力，幸有广州茶友帮忙，才在2021年收得百余斤干仓茶品，自此视若珍宝，藏

陈·茶

于悦泰博物馆。

如此陈年好茶当用好罐收储。

选择什么样的储茶罐才能配得起它的品质和收藏价值？确实令人煞费脑筋。时下，恰巧收得价值斐然的汪石云老师手绘"呆鸟"青花瓷罐200余个，取来试装250—300克茶品，竟然气质相配，珠联璧合！

曾有收藏家这样评价汪石云"呆鸟"青花瓷罐：

"景德镇瓷器有'明如镜，声如磬'的特点。瓷土成型、绘画后必须经1300℃以上的高温烧制，外形收缩大，青花发色难，成品率极低，所以成本居高难下，但青花瓷器胜在稳定性好，永不褪色。这款青花瓷罐全手工拉胚，线条细腻流畅，型体美观大气，绘画出自原老贵和祥、小雅、石桥、天予窑画师汪石云之手。要知道，汪石云曾被誉为景德镇画雅国画风格和汝瓷写意青花'第一人'，其笔下大多是呆鸟、小鱼、贵鱼、荷花鱼和写意山水等题材，且尤以'呆鸟'系列作品最为经典，深受圈内玩家追捧。就这款'呆鸟'青花瓷罐而言，画面整体为国画风格，是经典的紫藤花呆鸟题材，寓意紫气东来，画面静中有动，犹如滕王阁脚下那座小小道院，小鸟侧耳，似乎是在聆听江水奔流的声音。写意青花，仅有蓝白二色，清雅至极，收藏价值亦不可估量。"

大约在公元前16世纪的商代中期，中国就出现了早期的瓷器，瓷器是中国古代劳动人民重要的发明创造之一。"瓷器"（china）与"中国"（China）同为一词，可见世界认知中国也是从瓷器开始。

青花瓷，是一段历史的传奇，中华民族的智慧被其体现得淋漓尽致。犹记周杰伦轻唱的《青花瓷》，曲中悠扬的调韵，富有诗意的词句诠释出其迷人的风姿。"素胚勾勒出青花笔锋浓转淡"，是啊，一笔笔的勾勒与描绘，就让这素白的瓷器有了鲜活的生命！

布朗山云雾退去，捧杯在手，俯仰之间，敬上苍、敬岁月、敬自己……

茶汤　　　　　　　　　　　茶底

陳·茶

◎ 敬上蒼　敬岁月　敬自己……

以「班章王中王」纪念黄刚

2023 闰月
廊坊嘉木堂

陳·茶

所有的遇见，都是一种冥冥中注定的缘分，在奇妙的磁场里碰撞出思想火花……

2015年，在上海春季茶博会上，我第一次见到了"习茶人"黄刚先生。简单介绍之后，我们便聊起普洱茶的转化与品鉴，以及中生代普洱茶与普洱新茶、普洱老茶又有什么不一样？并且依次品饮了"厚纸88青""99大渡岗""96玫瑰紫大益""2000布朗传奇""2003班章王中王青饼"等优质普洱中期茶，在茶品对冲品饮中领略它们各自的风采。相聚时间短暂，我们分享彼此对茶的见解却相谈甚欢。

"我对茶有要求，自己有了鉴别茶的能力，就会知道好多茶喝不下去，能喝下去的茶不多。所以先做专家，以专家的方式做茶。"

黄刚所提观点，于我更是大受启发！

黄刚和他签名版的2003年班章王中王

2022年2月3日，农历大年初三，黄刚与世长辞。这句"以专家的方式做茶"便成为茶人们纪念他，并以之作为不懈追求的茶人信条。

黄刚，曾任中国茶叶流通协会普洱茶专业委员会副秘书长，北京露雨茗苑茶庄庄主，在普洱江湖上绰号"京茶东邪"。他爱茶成痴，曾因遇到一碗老茶而哇哇大哭。他能说会说敢说，善于一语道破天机。他融思辨美学与感性诗情于一身，造就了对普洱茶文化的立体探索。他说："普洱茶的变化曲线，有时间，有空间，还有不重合的部分，所以碰上了要珍惜。它是活跃在一个多维空间里，是一个活的东西，是一个小生物。"

与黄刚的这一面茶缘，使我对其理论著作和推崇茶品饶有兴致。

20年的军旅生涯，造就了黄刚坚忍不拔的人生品格。他39岁

黄刚收藏的部分茶品

陳 茶

时以纯粹普洱茶发烧友的身份踏入茶圈，虽说机缘稍晚，但凭借对普洱茶的满腔挚爱，通过不断思考钻研和探索实践，构建出一套关于普洱茶的理论认知体系和实操方法，凝结成《普洱茶论：品鉴与经营》《普洱黄刚说》两本普洱茶专著。"黄刚老师的一生是精彩的一生，传奇的一生。他用一辈子的时间，做了两辈子的事情，活出了三辈子的精彩！"其合作伙伴朱朱如是说。

2008年5月，黄刚首次提出"中生代茶"的概念，给充满奥秘的普洱茶硬性分成了五个类别：新生代茶、中生代茶、老生代茶、新熟茶和老熟茶。这里的"中生代茶"，主要指的是20世纪80年代中后期至2003年这段时间里生产出来的普洱生茶。这些茶在市场上有相当大的数量，其与"新生代茶"相比已经发生了一定程度的

不同版本的班章王中王

转化，但却还没有完全成熟到位。因为深知研究"中生代茶"的转化过程，对于了解总结普洱茶的一般规律，引导市场消费很有现实意义，所以，很长一段时间我对于黄刚推崇的普洱茶品，几乎是每遇必尝，品读经典，记忆深刻。

谈及经典，黄刚说："前面喝了半天没喝到，直到最后一泡……班章王中王、布朗传奇、99大渡岗这三款茶，是中生代普洱茶的天花板，也是我做茶十多年来，孜孜以求的普洱茶宝库中的瑰宝。"

作为普洱中生代茶"天花板"的"2003年班章王中王"，是一款威猛刚烈的茶品。它拥有典型的布朗风格，松烟香淡雅而高贵，正山正味的冰糖甜里裹挟着轻苦微涩，卷舒间水路细腻，津生

不同版本的班章王中王

整筒班章王中王

甘涌……这种种美好，一经展现，便是惊艳绝伦。黄刚一见倾心，如获至宝，并视其为普洱"中生代茶"的天花板，不惜斥巨资收入囊中。经过他的大力推广，"2003年班章王中王"开始在市场上崭露头角，再有出身名门（勐海茶厂）的加持，使其迅速流通开来。也是因为它用料好、仓储棒，转化到位，品质一流，把班章的"茶王"气势推向极致，顶上巅峰，茶人们赞不绝口、口碑斐然，使之成为普洱茶收藏圈中的瑰宝级茶品。

早些年就有笔记茶事的习惯，每每必是关乎品茶、寻茶的人和事，因此积累了很多文章素材。

周末闲翻书本，无意间发现两年前的这一段文字，即《黄刚签证版2003年勐海茶厂班章王中王（普洱青饼）品鉴笔记》，原文如下：

"2021年3月6日，星期六，多云间晴，廊坊悦泰茶楼二楼'嘉木堂'。"

偶与京畿茶友俊宁品饮"黄刚签证版2003年勐海茶厂班章王中王（普洱青饼）"有感。

首开第一泡，茶汤厚实、显甜，口腔有清凉感。茶汤入口，裹带着特殊的药香陈韵在舌面上翻滚，厚滑而有张力。齿缝、舌根、两腮之间倾泻出股股清凉，荡悠悠地徘徊不绝。一道道刚猛的茶气，以舌面为起点，向喉咙冲击扩散，下咽后体感明显发热。

第二泡开始，茶汤香气变得异常浓郁，肆无忌惮地绽放开来，汤汁爽烈有力，口感绵甜顺滑。体感渐强，一道茶气兵分两路，一路直奔丹田，腹背周遭发热，"炙热"先扎根，再突破，继而冲到脚底；另一路猛然向上突袭天灵盖，顿时灵台清明，豁然开朗，精神抖擞。

冲至第七泡，又来到另外一层口感变化阶段，口喉滋味丰富，肺腹气韵澎湃，渐收之势拉开，冰糖蜜甜重现。此刻茶汤由

黄刚签名筒面

陳茶

滑转涩、涩显苦、苦化甜，在短短几秒内完成转化，美妙而神奇。

饮八九泡茶，苦涩尽消，入口即甜。茶汤仿若美人纤指，轻轻触及唇齿，"醉麻"划过心尖、令人呼吸紧促，香甜气息脉脉连连。

第十一泡后，汤汁澄澈，滋味水路依然不掉……

重温过这段《茶事笔记》，满满的尽是回忆。其中不仅有对"班章王中王"的难以割舍，还有对黄刚先生的深切怀念！

对于黄刚，《普洱杂志》曾给出这样的评价：

黄刚老师曾说："我的理念在茶中，我的生命在茶中。茶与大家在一起，则我与大家在一起。"他将全身心的挚爱都赋予了普洱茶……

理一理茶样柜，在角落里寻得当年的半块茶饼。如今再饮，那般亲切而熟悉的滋味依然如故，多的只是恍惚中怀念故人的暗自怅然！

谨记"茶与我们同在，我们与他同在……"

自性「无极」

2023 元旦 石家庄如园

陳·茶

《道德经》有言，"无极生太极，太极生两仪，两仪生三才，三才生四象，四象生五行，五行生六合，六合生七星，七星生八卦……"

"无极"即宇宙之起源，万物之根蒂，无形无象，无声无色，无始无终，无可指名，故曰"无极"。

万事万物，不离"自性"。

那么，班章的"自性"究竟在哪里？又何来"无极"呢？

文章写到这里，似乎有些话非说不可。搁笔托腮，前思后想，又要惹事儿！

记得是2021年，我曾因品评一款"03班章王"，以自性山水立意寄情，而成一篇《墨语凝香处班章恰好时》。不想其中一段题外文字引来关注！节选原文如下：

2018年外包装、内飞、饼面细节

辩证地看，班章不因假冒而毁誉，不因价变而易质，却因人、因时、因地而呈现不同的"班章"，其道理亦关乎这种风骨与精神。

在普洱茶界，名山名寨名气大，假冒伪劣茶品数不胜数，且以班章最多，这也与班章茶区的茶品口感特征明显，容易模仿有关系。个别茶商抓住"班章霸气"的关键字眼，一款茶品够苦够涩，便贴上"班章"的标签，抬高价格进行销售，以此赚取高额利润。但真正的"班章"，香气之霸道，汤汁之厚重，口感之饱满，滋味之丰富……汇集出其独有的风格与魅力，堪为六大茶山之首，又岂是简单的苦与涩！

近些年，班章茶品因其"物以稀为贵"和"炒作"的原因，价格持续上扬。"是班章就是班章"，未因贵贱而有所改变，承前

2019年外包装、内飞、饼面细节

所述，个别茶商为追求高额利润，导致假冒伪劣横行于市。但无论如何改变不了的是"非班章即非班章"，再能乱真，亦不是真。故此，茶界班章乱象，非但不能影响班章的名誉，反而让人们对真正的班章茶品更加珍惜和追捧。

就是这段与品茶几乎无关的文字，招来了许多自称业内人士的非议和喊话，批评我不该这样写，影响大家做生意，甚至声讨我扰乱市场，挡人财路，等等。更有朋友说："何必图一时痛快，招惹是非！"

难道，我说错了吗？

可自始至终也没有一个人站出来，否定我的观点。

文章观点嘛，立场不同，各抒己见，原本也是见怪不怪。一年多过去了，时间非但没有使这些声音逐渐消退，反而还有愈烈之

2020年外包装、内飞、饼面细节

2021年外包装、内飞、饼面细节

势,我才不由得想说些什么……可是去哪说?找谁说?难不成去网络上吵嘴架?

恰好又写"班章",重提"自性",也就在这里一吐为快了!

侍茶30多年,从不好为人师,指指点点,偏爱以随笔记录些寻茶、饮茶的故事和感受。文章观点不过是个人看法,亦不必大惊小怪。其实不用我去说"是班章就是班章""非班章即非班章",这谁也改变不了。更何况,其初衷是向读者说清讲明而已,不想也没必要,去呼吁或治理以"班章乱象"为代表的茶叶市场。因为我知道,随着茶人们认知的不断提高和茶叶市场的逐渐规范,这些"乱象",必不久长。然而,就经营者而言,无论是谁,以假充真,借乱生财或制乱敛财。最终得到的都是,砸了自己的招牌,摔了自己的碗……

无意与谁争锋，就此而休吧！

当年"大白菜"令班章茶名扬海内外，一举成为普洱茶界的传奇。班章茶在普洱茶界有公认的实力与品质，一句"班章为王"，证明班章茶的江湖地位不可撼动。而江湖永远流传着"班章"的话题，它在茶人心目中热度不减，争议不断。

万法归宗，追本溯源，便是"无极"。

"班章"到底在哪里？

从地理上来看，班章的行政区域划分，归于云南省西双版纳傣族自治州勐海县布朗山布朗族乡班章村委会，其下辖老班章、新班章、老曼峨、坝卡囡、坝卡龙5个自然村。其中，老班章、新班章、老曼峨三个村寨是布朗山老茶树最集中的地方，据统计，这三个村寨的老茶树数量占全乡老茶树的90%以上。

2022年外包装、内飞、饼面细节

茶人眼中的"班章"，是位于布朗山的一个老寨子，是普洱茶的一个著名产地，它又分为"老班章寨"和"新班章寨"。注意，这里的"新"与"老"，不仅仅是时间上的"新""老"，还包括了地域上的横向划分。

在这里多提一句新、老班章的历史。老班章始于15世纪70年代后期，自哈尼族先民从其他地方迁徙到此以来，便开始养护山中的古茶树。新班章距离老班章约7公里，也是哈尼族村寨，是村民从老寨迁出后建立的。

"班章为王"的"班章"，一般指的是班章村委会（所辖五个自然村）所产的普洱茶，而"老班章"则特指老班章（自然村）所产的茶。"班章"二字如雷贯耳，凡名为班章，其价便不菲，茶友们家中若有一饼纯正的"老班章茶"，如同一顶皇冠落在家中，感到至高无上的荣耀。

"无极"将"万法归宗，追本溯源"做到极致，只为还原"班章"普洱茶的"自性"，还原它那份最原始、最高长的王者气韵。

班章五寨生态好、树龄长，有强烈的山野气韵，干嗅茶饼带有古树茶独有的香型特征，这种香气在兰花香与花蜜香之间，且十分强劲、高扬。一经开茶，王者茶香更是弥漫在茶汤、杯中、茶底以及周围的空气里，亦有"绕梁三日"之疑，久久不肯散去。

据品鉴专家感言：茶喝过三开以后，不再是惊艳于班章的霸、浓、强，而是身体越来越虚无通透，身轻如燕、逍遥自得。闭上眼睛，鼻腔里、喉咙间是班章的霸道气韵和花果蜜香，在那一层层苦与甜的转换和茶气游走四肢百骸之际，思绪开始由浑乱渐渐进入清晰觉醒的状态……

一切都静若幽兰，安然恬寂。如此心境世界，我们似乎懂得了"班章味道"自性"无极"的奥秘。

一点英雄气 四顾浩无边

2023
早春
京南悦泰博物馆

陳·茶

江山如画，一时多少豪杰。英雄是民族的脊梁，是时代的先锋。古往今来，沧海横流，方显英雄本色。在历史转折处，英雄常常横刀立马，力挽狂澜；在命运转折点，英雄常常视死如归，勇赴国难。

英雄伟大，是因为他们的事迹伟大。英雄不朽，是因为他们的功业不朽。"莫道桑榆晚，为霞尚满天。"这是抗疫老帅钟南山的雄心壮志。正所谓："凭谁问，廉颇老矣，尚能饭否？"

英雄者，有凌云之壮志，气吞山河，腹纳九州，胸能包藏四海。

英雄者，手握乾坤，肩扛正义，救黎民于水火，解百姓之倒悬。

"英"为才智，"雄"是胆识。二者相辅相成，缺一不可。少了"英"是为一介武夫，少了"雄"则是文弱书生。

国之兴，盗贼随英雄立功；国之败，官吏同无赖轻法。"英

2020年外包装、内飞、饼面细节

雄造时势，时势造英雄"的辩证道理，其本质就是"国""民"二字，文旨亦关涉这种精神。从岳飞、文天祥，到郑成功、林则徐，再到张自忠、谢晋元等，都是以国家安危、民族兴亡为己任，殚精竭虑，死而后已。

"在国家出现危难之时，总有一些人挺身而出，为国效力，这样的人，称为英雄。"英雄新解亦是由此而来。英雄往往是指那些有超出常人能力的人，他们能够带领人们做出巨大而有意义的事情，或者他们自己身处平凡却做出了非凡的贡献。

英雄是民族的脊梁。在近代民族复兴的和平变革时期，从康有为、梁启超的维新变法，到孙中山的民主革命，再到钱学森、邓稼先的科技强国。他们为中华民族的独立与自由、利益与安全、尊严与荣誉无私奉献、无怨无悔。

2021年外包装、内飞、饼面细节

陈·茶

一点英雄气，四顾浩无边。每个人都是有气场的，你的为人处事会营造出你独有的气场。所以说："君子坦荡荡，小人常戚戚。"而我们每个人的这一点点英雄气概，四散开来，亦可浩渺无边。

2020庚子鼠年。新冠疫情骤然暴发，令人猝不及防，一时间江河失色，楼宇倾危。果断"封城"，不让病毒蔓延全国；驰援武汉，医护专家逆行而至；军民共建，方舱、火神山、雷神山相继拔地而起……一场抗疫的人民战争席卷全国。

宣父犹能畏后生，丈夫未可轻年少。英雄出少年，在抗疫战争中，少年们大些的勇为志愿者，奔忙于社区街道；小些的用稚嫩的双手为抗疫捐出自己的压岁钱。

"逆行人。"疫情突发，全国医护人员紧急驰援。新冠肺炎的危险，他们比谁都清楚，但他们说："不计报酬，不论生死！"正

2022年外包装、内飞、饼面细节

如"愿得此身长报国，何须生入玉门关"诗句中描述的那样：愿用我的身躯终身报效祖国，又何须活着返回家园。

2021辛丑牛年。百年历程，光辉而伟大，与人民血肉相连，为人民勇于牺牲。如果说那些具有超常能力，带领我们做出巨大而有意义事情的人是"民族英雄"，那么"人民英雄"则是那些根植人民，身处平凡，却在平凡中做出非凡而杰出贡献的人。

这次抗疫战争多少让人泪目的瞬间，是普通人做了不普通的事。拾荒老人捐出1万元"巨款"；那个放下500个口罩转身就走的背影；臂带红袖箍日夜守卫社区的大妈……可谓：遍地英雄！种种这些，都是我们民族的精气神。

2022壬寅虎年。北京召开10月盛会，《报告》对中国式现代化2049年、2035年和2027年的蓝图分别进行了"写意""工笔"和"素描"式的描绘。

人生就是一场战争，人活着就要扮演英雄的角色，哪怕是一时一事的英雄事迹、一点一滴的英雄精神，也必将成为人民英雄的重要展现。把我们每个人的这一点点英雄气概聚集起来，便会凝结成英雄的人民。只有英雄的人民才能披荆斩棘、勇往直前，如期收获"中国式现代化"，从而实现中华民族的伟大复兴。

"平凡铸就伟大，英雄来自人民。"回眸百年，无数英雄的名字至今仍铭刻在人们心底，他们的英雄事迹将永垂青史。除此之

陳·茶

外，更有千千万万的无名英雄有着一个共同的名字"人民英雄"。他们的英雄事迹汇成人民英雄的汪洋大海，铸就英雄精神的钢铁长城，这些事迹和精神千秋不朽，万世传承……

"雾锁千树茶，云开万壑葱。香飘十里外，味酽一杯中。"这是茶界老前辈马兴先生对勐海茶区和其所产普洱茶品质的赞颂。

南本老寨是云南省勐海县勐宋乡三迈行政村下辖的自然村落。国土面积8.98平方公里，海拔1693米，年平均气温17℃，年降水量1500毫米，全村农户72户，人口318人。这里生态环境良好，天然植被丰富，适宜茶树生长，乔木古树遍布。其出产的古树普洱茶菁原料品质超群，可与名山名寨相媲美，十分珍惜难得。

2020年4月18日，在南本老寨村民张秀仙家，收购乔木古树茶菁980公斤，其源头可追溯至村寨和茶农（村委会证明见产品说明

书）。该茶属于大叶种野生野放茶，水柔香甜，上颚与舌面后段有特殊香气，经传统工艺特制成2020年"英雄"乔木之巅，特制青饼，以舒茶人情怀！茶品香郁而沉稳，味正且甘醇，回甘似蜜韵，生津如泉涌。饮之暖心润脾，体发轻汗，清升浊降，百骸舒爽，大有"百毒尽消"之势，极具英雄气质。用以纪念抗疫，致敬英雄，恰如其分，意义相合！

后又延续纪念出品2021年和2022年"英雄"乔木之巅，特制青饼。至此，瘟疫殆尽，则纪念终止。

"大疫不过三年"，轰轰烈烈的人民抗疫战争，从"鼠咬天开"到"光芒万丈"，终于取得全面胜利，结束了这场"黑天苟地，混沌一片"的新冠疫情，让世界重归美好……

陳·茶

◎ 让世界重归美好……

改造茶始祖『大黄印』

2023 立夏
广州白云山

陳·茶

最早接触"黄印圆茶",大约是在1993年。

那一年是我回到家乡的第二年,当时虽说已完成对云南各大国营茶厂的访问游学,但对于"印级圆茶",也是只知有"红印""蓝印",而"黄印圆茶"却知之甚少。直到2008年,我偶遇了这"70年代黄印圆茶"(桃红版),才有机缘深入探究"黄印圆茶",因此而更加透彻了普洱茶发展的演变脉络。

"黄印圆茶"起源于20世纪50年代,中茶牌"印级圆茶"经典系列普洱茶如火如荼,"后期红印圆茶"风起云涌的时代。恰逢此时,国营勐海茶厂生产了一批数量不多、"八中茶"标志中"茶"字为黄色的普洱青饼,至此"黄印圆茶"轰然问世。令人意想不到的是,当时"黄印圆茶"的出品上市,几乎替代了"红印圆茶",很快成为畅销几十个国家和地区的外销出口免检产品。惊世骇俗之

1960年代黄印青饼

后风靡茶界数十年,如今的"黄印圆茶"虽已渐归醇和润温,却仍被茶人们奉为"茶中至宝"。

1951年9月14日,中国茶业公司注册了寓意着"中国茶叶销往四面八方"的"中茶牌"(八中茶)商标,同年通知全国直属茶叶公司及生产厂家统一使用。

当时,正处于计划经济时代,茶叶由国家统购统销。勐海茶厂和其他国营茶厂一样,都是只按计划任务完成生产,不涉及茶叶销售环节。这也是为什么从20世纪50年代开始到改制前,"中茶牌"(八中茶)标志一直都出现在勐海茶厂茶品中的原因。由于商标共用,包装版面相似,给生产、销售和消费者带来诸多不便。为了更好地去分辨茶品的生产厂家,从20世纪70年代开始各茶厂在整体箱子和大票之外的茶饼包装绵纸上标注了茶厂标识,例如:"1"代表昆明茶厂;"2"代表勐海茶厂;"3"代表下关茶厂;"4"代

1960年代绿字黄印青饼　　　　　　1970年代绿字黄印青饼

表普洱茶厂……

中茶牌"印级圆茶"茶品均是使用绵纸包装,版面全红字体,唯有"八中茶"商标中间的"茶"字颜色不同。很多茶商、茶客为了便于区别,便根据"茶"字的颜色来简称命名茶品,也就有了"红印""蓝印""黄印"等茶品名称。到了普洱"七子饼茶"时代,虽说印刷版面设计风格有了较大改变,然而用"八中茶"商标中间"茶"字颜色来简称命名茶品,却一直沿用下来。

这些不同颜色"茶"字的简称茶名,代表了它们各自独特的风格与地位。例如:"红印"代表着勐海茶厂的上乘之作;"黄印"是"现代拼配茶的始祖";"紫印"是一个经典配方;"绿印"则是勐海茶厂出镜率最高中茶牌茶品……可以说,它们见证了勐

1970年代大黄印青饼

海茶厂改制前的普洱茶生产史，也是一代代老茶人挥之不去的"勐海滋味"。

"大而圆者名紧团茶，小而圆者名女儿茶，其入商贩之手，而外细内粗者，名改造茶。"

据说，"黄印圆茶"的制作配方，其灵感来自清代檀萃《滇海虞衡志》中所说的"改造茶"。因此，"黄印圆茶"被视为现今普洱"七子饼茶"的前身，现代拼配茶的鼻祖。有学者认为，"黄印圆茶"在"印级圆茶"向"七子饼茶"时代渐进中起到了承前启后的重要作用。从这个角度讲，"黄印圆茶"的历史研究价值比"红印""蓝印"更高，收藏价值亦不可估量。

光阴似箭，日月如梭。由于普洱茶本身具有消耗属性，数十年的岁月就这么消逝着"黄印圆茶"。现如今其系列茶品已少之又少，唯见2008年曾有少量"70年代黄印圆茶"（桃红版）现身茶叶市场。作为普洱茶收藏圈中被公认为"古董级"茶品，陈期已近半个世纪，其流通和拍卖价格更是一再飙升。

2017年仕宏春季拍卖会的"足吾所好——古董级普洱茶及佳茗专场"，一筒（7片）"70年代黄印圆茶"的拍卖估价竟高达人民币60万元。

据当时那位不愿透露相关信息的茶品竞得者介绍：

"'70年代黄印圆茶'的配方十分具有水准，生产方与监制方要求严苛，精挑细选。多年来存储温度、湿度适宜，并由专人看管，茶品在稳定的环境中慢慢转化，其口感与醇度令人饮后意犹未尽，回味无穷。它的品质是一般七子饼茶无法逾越的高标准，加上陈期已近50年，这不但验证了印级茶品品质高端，越陈越香的特点，也让收藏、品鉴者从时间与空间的纵横对比中，发现和体味出普洱茶发展的演变脉络。"

揣着2008年与之相守月余的记忆，再度掀开这"70年代黄印圆茶（桃红版）"，金子般的茶饼，依稀映照出那灰黄的往日时光……

掀开略有斑驳的包装绵纸，轻拍茶饼，抖去陈放近50年的岁月累积在饼面上的些许灰尘。圆齐规整的茶饼，已被时光炼化成栗黄偏深的色泽，光润得如乌金般厚重沉稳。摆弄撬动间，茶香隐隐，钳住干茶于电陶炉上隔空炙烤，樟木焦香，扑面而来。

撬取6克干茶，以容量130毫升的朱泥紫砂小品冲泡出汤。当红浓、油润、通透的汤汁缓缓流入公杯，疑是一杯红葡萄酒？但红葡萄酒又怎会深邃得如此敲心！

轻啜入口，醇厚顺滑。在全程的淡淡药樟滋味里，果香、木香、蜜香次第展开，变化丰富，浓郁持久。香融于汤，性柔温润，细腻深厚，回味悠长，气质高贵；气融于汤，两颊生津，舌底鸣泉，喉韵甘润，肺腑畅甜。

内飞及饼面细节

连饮三杯茶，烈烈茶气，冲突得令人窒息，催得暖嗝连连。

再饮三杯茶，热热茶气，穿透了肺腹丹田，发得细汗津津。

又饮三杯茶，脉脉茶气，滋养着四肢百骸，润得心泉汪汪。

最后三杯茶，不能再饮。若是再饮，那便是巅峰享受之后的"物极必反"，定会让你手抖心颤、通体虚无，陷入不知所云的奇幻遐想之中，不能自拔……

陳茶

◎ 暖嗝连连　细汗津津　心泉汪汪

「8653」陈香铁饼

2023 正月
廊坊茶书院

陳茶

2021年，中国嘉德春季拍卖会"至味茗香——陈年普洱及佳茗"专场，国营下关茶厂生产的20世纪80年代和90年代红印8653铁饼等中老期茶，备受瞩目。激烈竞价后，随着一声声落槌，不同时期的红印8653铁饼分别以人民币23万元、16.1万元和17.25万元/筒（7饼）的价格拍卖成交。

随着云南普洱茶的收藏属性逐步显现出来，不少早期的国营大厂茶品，逐渐开始受到关注。

20纪80年代的"名星"茶品不胜枚举，如下关中茶牌繁体字七子饼(8653铁饼)、黄印七子饼(认真配方黄印)、大蓝印七子饼、水蓝印七子饼、73青饼、8582青饼、红带七子饼、7532雪印青饼

LOT 4368
中茶牌8653七子饼茶（99红印）

茶厂：中茶　　　　　重量：2566g
工序：生饼　　　　　数量：一筒7片
仓储：自然仓干仓　　成交价：人民币161,000

LOT 2564
8653青饼（邓时海签名）

茶厂：下关茶厂　　　重量：2189.6g
工序：生饼　　　　　数量：一筒7片
仓储：自然仓干仓　　估价：人民币250,000-350,000

以及7542、7582的厚纸和薄纸青饼，等等，当然声名显赫的88青饼也在其内。这其中就包括下关茶厂的"明星"茶品——"8653"陈香铁饼普洱生茶，其身份堪比勐海茶厂的"88青饼"。

下关茶厂早期以生产紧茶、沱茶为主，一度与勐海茶厂齐名，成为当时的国营"四大茶厂"之一。它作为茶界为数不多，历百年风雨依然屹立不倒的老茶号，的确是凭借沱茶从茶马古道上，一步一个脚印地走向外面的世界的……

1941年，康藏茶厂由百年老茶号"永昌祥"创立而来，因沿用其传统采制工艺，将沱茶的制茶标准传承下来，成为国营下关茶厂的前身。1956年，公私合营后，下关茶厂变身国营企业，成为大理

陳·茶

（下关）唯一继承沱茶传统采制工艺的茶厂。1972年，国营下关茶厂恢复七子饼茶的生产，开启了下关铁饼光辉灿烂的崭新时代。

当时，下关茶厂归属于中国土畜产进出口公司云南省分公司，因是为其代加工产品，所以包装上都印有"中茶牌"商标。1986年，下关茶厂紧压茶压制机工艺改进后，开始批量生产8653下关铁饼，并销往日本、韩国和中国香港等国家和地区。1987、1988年，由于普洱茶市场滞销而暂停生产，1989年再度恢复生产8653下关铁饼。2000年，下关茶厂再次改良压制机工艺，此后生产的铁饼反面便不再是乳钉，而是形状不同的气钉，这一年也就成为下关铁饼老、新期茶的分水岭。

下关茶厂历史照片

所谓"铁饼"，是相对泡饼而言的。普洱饼茶（圆茶）依据成型方法不同，分为泡饼和铁饼，泡饼是用布袋辅助成型的饼茶，就是我们通常接触到的常规普洱七子饼茶或普洱圆茶，其表面微凸，背面有茶窝，松紧适度，条索清晰，容易翘开；铁饼是用铁模为代表的模具直接成型的饼茶，以"坚如铁，状如饼"而得名，由于是外力施压成型，铁饼比常规泡饼更加坚硬，平边平底，背面有模具气孔的钉纹。由于目前市场存量中老期铁饼普洱茶品大都产于下关茶厂，所以一提及铁饼，业内都知道这是下关的专有茶品。

时移世易，时代变迁。下关茶厂在市场浪潮的一次次冲击下，不断改革创新、铸造辉煌。在这其中，涌现出无数经典茶品。

横式大票（油光牛皮纸）　　中茶繁体字牛皮纸筒　　中茶繁体字铁丝竹篾

产品质量合格证　　九八版内飞　　零一版内飞

陳·茶

"五九六九，河边看柳"，今天是五九第一天，京畿之地，尚无春意。仰望参天银杏，寥寥几片孤叶，在北风中摇曳，似是与我心境相同，它也在盼望着春天……

三年大疫，各行各业都已遍体鳞伤，几近崩溃边缘，茶界的经济压力同样巨大，茶庄、茶号、茶人和收藏家们，被迫出仓一些珍藏茶品，急欲收拢些现金抵御寒冬。因此，春节前夕收到的茶样堆积如山，按以往经验，其中应该不乏经典茶品，于是期待中我开始翻阅挑选。好巧不巧，这饼80年代无飞销台8653下关铁饼竟在其中！

茶饼的包装版面特点鲜明，上方"云南七子饼茶"的"云"字为繁体字，"七"字为高脚七；正中是"八中茶"商标；底部文字

1980年代无飞销台8653下关铁饼版面及包法

信息均为繁体字。拆开绵纸，茶饼没有压入内飞，这是当时为了方便出口的故意而为，据说这批8653下关铁饼是专为销往台湾、香港的茶品，用料讲究，汤感上佳。故此称之为"80年代无飞销台8653下关铁饼"，是妥妥的"名星"茶品，适逢普洱茶回流期才进入国内市场，曾一度获得超高认可，备受追捧，收藏和品鉴价值兼具。

众所周知，铁饼压制紧实，聚香条件好，但陈化速度较之泡饼缓慢很多，即便是已有近40年的陈期，依然"坚硬如铁"，仅是边缘略有松散，十分考验撬茶技术。

饼面芽头细嫩，条索紧实，绒毫明显，乌润油亮，饼背乳钉突出，饼缘整洁匀齐。用料以中高级茶菁为主，偶见茶梗、黄片，拼配比例拿捏得恰到好处。与下关同期茶相比，"80年代无飞销台

饼面细节

陳茶

8653下关铁饼"为求突破，超越自我，不惜成本，下大力气精选云南大叶种乔木老树的壮芽嫩叶，条索润泽，肥厚显毫，总体风格倾向于清新细腻，但却胜在内质厚重，松烟香、梅子韵浑然天成，口感平衡协调，层次丰富，稠滑纯粹，甜润迷人。

茶汤橙红明亮，松烟香随茶香倾泻而出。入口滋味醇厚，稠厚饱满，苦涩度较低，甜润感突出，松烟香入水。细嚼慢咽，两颊生津，犹如活泉之水，绵绵不绝，烟韵过喉，化为陈韵、蜜韵弥漫于口喉之间，一呼一吸，空灵的茶香带来豁然开朗的顿悟。继而再饮，突出的就是一个"甜"字！先前茶汤中潜伏的果甜、蔗甜、蜜甜此刻悄然爆发，甜得凶猛霸道，扣人心弦，一松一紧，身心立现满足与愉悦。茶汤中后段，适口的梅子香韵汹涌澎湃，有益成分被快速吸收，融入并推蠕血液，使之循环加快，劲道的茶气游走全身，微热轻汗，酣畅淋漓……尾水则更加清甜甘爽，收放自如。

沉思良久，这"80年代无飞销台8653下关铁饼"，品质卓越，仓储优秀。虽说条索紧实，空隙极少，能与空气接触的氧化面十分有限，陈化速度也不及一般泡饼。但是，近40年的时光炼化，使之口感更加甘甜，胶质更加丰富，滋味更加醇厚，茶气更加酽强。特别是近几年已进入陈化稳定期，更是吸引了大批资深藏客竞相追逐收购，雪藏囊中，若非当下境况，又岂会轻易见到……

执念『黄印铁饼』

2020 初冬 北京钓鱼台

对于茶，从未刻意要记住些什么，

但似乎，该记的不该记的都记下了，

不知不觉，克服了曾经为之苦恼的求"知"不得。

正视当下，却又需要刻意忘掉，

忘掉那些先入为主的理所当然……

"黄印铁饼"，源于20世纪50年代中茶"印级圆茶"体系中的"黄印"茶系。当时，侨销茶时代基本结束，内销茶成为主流，并已在不同层面显示出相当的潜力。中茶公司为了拓宽茶品销路，加快市场流通，"以中壮茶叶为主，掺入嫩芽"成功拼配出"黄印"系列茶品，后被称为"现代拼配茶菁的普洱茶开端始祖"，因此，

1970年代中茶牌简体字茶饼（标准版）

"黄印"茶系在普洱茶界地位特殊且十分重要。

2010年前后，我们组团研究近代普洱茶历史时，曾与"50年代黄印圆茶"相识相知，但却只是短暂的"口腹之交"，没能实质拥有和收藏。就是这"昙花一现"的匆匆相遇，竟令我至今难忘……自此，凡遇"黄印"，无论品相、年份都必要品尝为快。然而，希望越大失望越大，每每都是难遂人愿，终以失望收场，甚是遗憾。

或许是"执念"使然，又或许是被"先入为主的理所当然"固化了认知，我失诸交臂了许多经典"黄印"……

直至2022年10月，偶遇中茶版（王曼源）20世纪80年代格纹

王曼源讲茶近照

纸黄印铁饼普洱圆茶（以下简称"80年代黄印铁饼"），才以"自视其好"的端正态度，领悟、体味出它由"印级圆茶"传承而来的特殊风韵。

20世纪80年代初期，全球普洱茶"十大杰出人物"之一、著名香港茶王、荣源茶行负责人王曼源先生与云南省土产畜产公司联合定制出品了这款"80年代黄印铁饼"。它沿用了传统"印级圆茶"的拼配技术和制作工艺，将从云南大叶种晒青毛茶中精选出来的茶菁原料，用铁模压成铁饼，茶味浓酽、茶气强劲、茶韵丰足，接续了"黄印"茶系的妙绝风范。它采用了独特的格纹手工绵纸包装，版面设计与"红印圆茶"相近，整个版面上下围圆式印刷红色美术字"中国茶业公司云南省公司"和"中茶牌圆茶"，只是"八中茶"

1980年代格纹纸黄印铁饼版面及包法

标志中间的"茶"字为黄色，故名为"黄印铁饼"。茶饼规格357克，7饼1提，笋壳包裹，铁丝绑缚，12提1件，竹筐包装，是那个时代典型的包装风格。由于当时茶品产量稀少和后来的市场消耗，又有许多藏家、爱好者因其极具收藏价值而竞相追逐，导致价格一路大幅攀升，如今已是"万金难求"！

王曼源出生在"铁观音"的发源地——福建省安溪县西坪镇的一个茶叶世家，其父王联丹老先生是第一个在国际上获奖的"铁观音茶王"，他一出生DNA里便流淌着对茶的热爱与执着。

1982年，王曼源创立"荣源贸易公司"，在普洱茶默默无闻的年代里，开始了他一生不渝研究普洱茶、推广普洱茶文化的事业。他迷恋"号级""印级"普洱老茶那难以言表的高妙魅力，但凡遇

饼面细节

陳·茶

到心仪的茶品，便会千方百计地收存起来；他努力恢复普洱茶传统制作工艺，深入云南茶山，严选茶菁原料，制成普洱好茶，销往台湾、东南亚以及欧洲各地；他热衷复刻传承经典茶品，研究配方，核对口感，深度还原包括"号级""印级"茶品在内的古董茶品复刻版。他于2000年著成出版《普洱茶谱》一书，又于2002年在香港创办世界茶文化交流协会。

任凭普洱茶时代的跌宕沉浮，风云变幻，作为中国茶文化的推广实践者，王曼源用心传承历史，用情呵护生态，用新时代创想谱写和描绘着普洱茶的醉美篇章。

临近冬至日，"骄阳"隔窗如火。北方小城虽未见风雪，其一景一物却透着寒冷。自顺德访友，归来已逾半月，想必带回来的那饼"80年代黄印铁饼"，已然去除千里跋涉的浮躁，茶性趋于平和稳定，是时候再度品尝了……

喝老茶，对器具和用水都十分挑剔，尤其是冲泡这种珍惜的稀世好茶，则更要注重细节。风皮炉煮山泉水，炭红火旺，粗陶壶里外沸腾，白烟滚滚，需离火静置片刻，稳一稳心神。将撬取的10克干茶用纯铜的焙茶盘，上炭炉微微炙烤，随着翻炒炭火香、果木香袭惊四座。沸腾渐静的山泉水，淋洗、升温了这把上好的朱泥紫砂壶，控干擦净，投茶入宫，掩上壶盖，双手上下捧摇，尚未泡饮，已是茶香满满。

悠悠岁月，40余载。一饼老茶，茶刀撬开的是那一段历史的印记。回望茶饼，条索紧实、粗壮肥硕、金毫显现、油亮乌润。时间的薄尘被高温泉水充分冲洗，茶随之苏醒、复活，令往日时光历历在目，依稀如昨。朱红、清澄的茶汤散发着幽邃的陈木香韵，在这一刻绽放出异样的光华。少顷，雄浑、浓郁的药香涌起，恰似深山古刹，钟鼓之鸣，悠远我心。

汤汁宽阔似海，稠厚若浆，温润如玉。由公道杯分斟入盏，流动中幻化出干荷香气。口感浓酽、醇厚、顺滑、绵密、细腻、柔润，启迪心灵深处的那一抹幸福滋味。茶气极具穿透力，热饮两盏，随着澎湃的生津回甘，酽强气韵先下后上，直冲头顶。再饮刚柔相济，力透口喉、胸腹、背脊……身心俱润。转瞬，时间似乎凝固下来，烦躁与不安一消而散，放空的灵魂和躯体，在安静平和中回味这无穷的美好滋味。

相顾无言，撬痕深刻。千里团圆，清愁才解。何故又上心头？人道是：此也清愁，彼也清愁！

陳·茶

1980年代格纹纸黄印铁饼

酽浓「福禄寿喜」

2022 夏月
东莞松山湖

陳茶

炉红泉沸，碾烟劲直。"福禄寿喜"四星加持，修炼22年，如此班章，汤汁醇酽，用深挚与浓烈拷问灵魂……

湖南三千里。百万人家争送喜。元戎初度，和气水流山峙。荆楚中间寿域开，翼轸傍边台躔起。崧岳降神，维箕骑尾。

见说君王注倚。问舟楫、监梅谁是。国人争望周公，东归几几。功名多载旗常上，福禄平分天壤里。家家弦管，年年弧矢。

"福禄寿喜"乃是"四星"，对应天界"四神"，分别掌管降福施祥、功名利禄、寿高命长、吉祥如意。这是千百年来，中国人民用辛勤和汗水创造出来的，其根本则是源于人们对幸福美好生活的向往和追求。然而，宋代诗人李刘的这一阕《鱼游春水（寿衙大参）》，却将"福禄寿喜"拖出世俗，推向大雅境界。

2000年压制的"福禄寿喜"老班章砖茶，每砖约

2000年福字砖茶　　　　　　　　　　2000年禄字砖茶

380克，4砖一捆，手工竹篾笋壳包装，每砖正面压有凸版"福""禄""寿""喜"字样，反面分别有一条醒目的金丝带和"茶浓号"内飞，既标明优劣，又立见真伪。

老班章位于布朗山腹地，独特的高海拔自然环境和气候条件，孕育了独特的"老班章"。"福禄寿喜"老班章砖茶，条索肥壮健硕，香气高傲迷人、滋味醇酽浓烈……22年的岁月流转、时光炼化，使之更加炉火纯青，在普洱茶的世界里，悉数尽收"一览众山小"的王者荣耀。

之所以选择老班章原料压制这批青砖茶，用它的主人杜琼芝女士的话说："一是老班章古茶树密集度高，茶树硕大粗壮，生态环境好，无污染，茶叶胶质感强，口腔冲击力数一数二，没有村寨可以比肩；二是刚好何氏兄弟在勐海茶厂设立特种车间，用班章茶区

2000年寿字砖茶　　　　　　　　2000年禧字砖茶

茶菁原料制作普洱茶已完成压样、质检，计划生产'白菜''孔雀'系列普洱茶；三是老班章茶兰花香韵，苦涩易化，特点突出，别的产茶区有的特点它都具备，而别的产茶区没有的它也有。"当然，其言下还有一层意思，就是那时候老班章不像现在这么热门，毛茶价格不高，资金压力不大，可以用料更纯粹些！

说到杜琼芝，她集全国"三八红旗手"，云南省"五一劳动奖章"、云南省首届少数民族优秀民营企业家等诸多荣誉于一身。她是世界最古老的茶农古濮人后裔，布朗族土著人。她18岁考入勐海茶厂学习制茶，长期从事茶叶收购、红茶制作、普洱茶制作及研发等工作，曾任技术部主任，研究创作出"7222""白菜""孔雀"等一系列明星茶品，是邹炳良任厂长时期勐海茶厂的"五朵金花"之一。30年岁月悠悠，醇酽普洱茶汁的滋养、浸濡，使她从青涩的

2000年福禄寿禧砖茶整箱、内飞及砖面细节

布朗族少女，成长为识茶懂茶的知性茶人。

2004年，由于勐海茶厂即将面临改制，杜琼芝下岗，离开了她为之奋斗大半生、万难割舍的勐海茶厂。于是，她割舍不下普洱茶事业，抱定继续"传承和发展"云南普洱茶的决心，凭借坚定信念和执着追求，创办了鹏程茶厂。她制作生产的普洱茶品曾多次在各类茶博会上获奖，特别是布朗山班章王茶"马饼"和"生砖"，更是获得韩国国际普洱茶博览会金奖殊誉，因此赢得市场的一致认可，最终打造出"鹏程"的金字招牌，屹立于云南普洱茶界。

在茶人眼中，任何时候都无法磨灭的是"班章滋味"。

2016年秋天，初识"福禄寿喜"，大开大合的"白菜"味道热烈奔放，仿佛置身骄阳松荫之下，山风摆动衣袖，飘逸洒脱得令人痴坐忘返。离席前，向茶友取了半砖茶样，便时常与大益明星"2000大白菜"对泡对饮，香与韵不相上下、苦与涩如出一辙……

千寻百觅之下，终于次年（2017）在东莞藏家手中，收得24捆"福禄寿喜"，如获至宝地藏于博物馆。

时光如昨，海棠依旧。转眼5年过去，如今再饮，若说变化，那便是"陈韵愈浓香更高"。因为，大规格茶砖，又是铁膜压制，虽说转化会稍缓一些，但却能够在较大程度上聚留香气，加上北方这5年纯干储藏，使茶充分返青提香，陈韵更加纯正。

即使铁膜茶砖较之茶饼紧压程度更高，密度更大，当撬开时，也能清晰地分辨芽、叶、梗。老班章"一芽二叶、一芽三叶"的茶菁原料，芽毫肥厚金黄，条索壮硕乌润，短梗马蹄褐红，22年的南北仓储完美转换，使之交错点缀出非凡气度。栖于案头，俨然就是一块"乌金"！

干茶着水，发出"吱吱"的鸣响，随即依次幻化出陈木香、甘草香、梅子香、野蜜香，继而融合成醇郁的混合型香气，霸道地四散开来。

蜜黄透亮的茶汤，微微泛红，杯口晕圈明显，光影下流动如油。茶汤入口的瞬间，勐海茶性劲烈，苦涩迅速化开，口感细腻极致，生津回甘饱满，体感强烈致远。斟饮之间尽显霸气班章风骨，惊艳绝伦。

尤需一提的是这款砖茶的超级口感。众所周知，在普洱茶品中，茶气刚猛劲烈的生茶，往往水路相对粗糙。但是它则不然，杯杯盏盏中不仅汤汁醇酽，力道遒劲，而且淡烟味、野蜜味伴着涓涓细流，缓缓而动，柔顺、丝滑、细腻。即便是到了尾水阶段汤汁渐淡、幻茶幻水的时刻，口感喉感依然水路油润、余韵饱满。

似这般高识别度的"铁骨柔情"，或许就是杜琼芝制作"福禄寿喜"时，以"白菜""孔雀"为标准的刻意而为。抑或是她躬耕茶界数十载，以茶品为承载，对茶人幸福美好人生的憧憬与寄托……

凤山「福禄贡」

2023
正月
廊坊天华园

陳·茶

又逢大年初五，晨起便趋车去"天华园"试茶。想起即将谋面的凤山"福禄贡茶"，不禁开始努力回忆，这许多年来关于它的点滴见闻，回味着那些碎片化的故事……

要问在普洱茶故事中，谁既富有极其浓烈的传奇色彩，又最为茶人们津津乐道？

既不是历史悠久的号印级古董茶，也不是声名显赫的"73青""88青""真醇雅""绿大树"等中老期明星茶，更不是"孔雀""白菜"等班章系列经典茶品，而是一款差点被误认为是"外国血统"，但偏偏是地地道道中国茶的凤山"福禄贡茶"。

目前，有据可查最早的福禄贡茶，是20世纪50年代泰国"鸿利两合公司"生产，其内票上印有"BANGKOK"（曼谷）的英文字样，是世界上第一饼内票上印有英文的普洱茶。其内票上不仅印

LOT 110
1950年代福禄贡圆茶

茶厂：同庆号茶庄
工序：生饼
仓储：自然仓偏干
重量：348g
数量：1片
估价：人民币 300,000-600,000

有英文字样,还更明确地标注了"泰京嵩越路"的茶厂地址,也就理所当然地被认为是泰国普洱茶了。因此,被视为拥有"外国血统"的"福禄贡茶",被长期标注为"非云南"的边境茶而饱受嫌弃,因香港茶商对"泰国普洱"不感兴趣,被运到香港还曾一度找不到买主。经过几番周折,最后才被香港中环士丹利街的"陆羽茶楼"勉强买下,但也没有成为其主推茶品,而是一直存放于仓库中,度过漫长、孤独的岁月时光。

"本公司经营茶叶,历史悠久,专选办凤山旧年雨前春茶,精工复制,味醇色浓,饮后能振作精神,诚生津解暑佳品,早为各界所乐用,惠顾诸君。"

因内票而被雪藏的福禄贡茶,亦是因内票而被正名。

1980年代福禄贡圆茶饼面、内飞及原筒包装

一晃40年过去了，普洱茶已进入一个全新的时代，当人们感受到普洱茶的收藏魅力，便开始留意和挖掘优质的普洱老茶。很多茶学家、收藏客和专业茶人都把目光集中在普洱老茶背后的信息上，于是开始仔细研究茶品的包装和内票，每张必考，注重细节，甚至将它们的产地出处都对应出今天的具体地理坐标。台湾茶人邓时海说："我一直对福禄贡茶和滇西茶区有所关注，这款福禄贡茶在1955年由泰国曼谷运到香港，品尝之后，我的味蕾和多年经验告诉我，那一定是云南的普洱茶，而且应该是一批上好的云南普洱茶。后来，又看到内票上印有'凤山旧年雨前春茶'，于是翻遍泰国地图，找不到'凤山'的地名或山名。皇天不负有心人，最终在云南省境内找到了'凤山'，而'凤山'过去就是以产茶而闻名遐迩。"

再深入研究发现，因香港老茶号"林奇苑茶行"对这批品质

蓝标福禄贡内飞及饼面细节

红标福禄贡内飞及饼面细节

优秀的凤庆福禄贡号级茶的大力推广，使越来越多的人知晓福禄贡茶，后来，它还与"水蓝印圆茶"和"银毫沱茶"被并称为"临沧三杰"。另一个流传的说法是"凤山三杰"，指的是"福禄贡""天信号"和"水蓝印"。但无论是"临沧三杰"还是"凤山三杰"，福禄贡茶来自云南临沧，是凤山好茶被逐渐公认，其历史地位已不可撼动，它的存在说明凤山在老茶庄茶号蓬勃兴盛的民国时期没有缺席，其茶品也曾远销海外。

那么，为什么好端端的中国茶会被误认为"外国血统"呢？

对于这个乌龙事件，邓时海说："当时云南茶叶出口是很困难的，一方面海外市场有限，另一方面出口很不方便，南边只有广州一个口岸，云南茶出口很少。于是就有了许多边境的私人交易，而当时滇南和滇西的私人茶叶交易是很多的。"

就这样，福禄贡茶从无人问津的泰国普洱茶，成为云南名山

陳茶

的上好普洱茶，更是目前成批量的滇西最老普洱茶。一时间，福禄贡茶华丽转身，成为要滋味有滋味，要故事有故事的"明星级"老茶，占得一席之地。

说到福禄贡茶的滋味，从其内票可知，原料选自凤山地区，即临沧凤庆，茶品香气较好，苦涩较重，具有高海拔的山场气息。要知道，现在市场上流行的冰岛、昔归、勐库、磨烈、忙肺、懂过、大小户赛和永德大雪山等名山名寨好茶皆是出自临沧茶区。邓时海在《普洱茶》一书中曾这样描述福禄贡茶的滋味特征："水性厚滑，略带苦味，润喉回甘、舌面生津，最纯正的野樟香，茶汤是所有普洱茶品中最为醇厚浓酽。"并批注："福禄贡茶名副其实，是普洱茶中的高山茶。"

最初感受福禄贡茶的强烈苦涩味道，还是在二十几年前，第一次品尝到这款20世纪80年代福禄贡茶的时候。那种跳舌之苦、刮腮之涩，如今记忆犹新。时隔多年，再次相遇，想必它已随时间推移，炼化出另一番美妙滋味……

轻托茶饼，松厚匀称，条索粗壮，芽头红黄，叶片乌褐，药香彰显，樟香浓郁，气韵非凡。

久执茶刀，未舍撬茶。最终还是扫扫边缘拨集了6克碎茶，选一中小陶器坐壶焖泡，以鉴尝其味。

焖茶出汤，浓浓的樟木香、草药香、梅子香扑面，过茶的空杯盏中果胶香郁酽。殷润的茶汤，浓稠度很高，质厚而聚，韵强而敛。细腻、柔滑、甜润的汤汁，隐着舒适的轻苦微涩，生津饱满，回甘厚实，被口腔中不断生成的股股茶气，推涌入喉。浸润肺腹之余，缓生遒劲气韵，不知不觉得已是毛孔尽展，全身热透，一串串暖嗝里尽是梅子清甜，令人畅爽。

事物往往是在逐渐成熟中而失去鲜活，茶亦不例外。老生普洱茶的魅力就在于经日益变化，呈现出其不同生命阶段的美好。然而，能够调柔风情，丰满气韵，兼得智慧与纯真，则终是难得的返璞至味！

陳·茶

○ 兼得智慧与纯

"橡筋茶"普洱天花板

2023 正月 廊坊天华园

横扫茶界，王者之尊，毋庸置疑……

霸野，刚猛，甜醇，香浓。班章白菜橡筋茶的不羁，从那粗壮挺拔的条索中尽显无遗。尽管尚未冲泡，其生命的力量已呈狂野之势，蓬勃而来。

"班章白菜"族系普洱茶，世出名门，经典辈出，随便拎出一款茶品，其品质与名望都是响当当的，均令人肃然起敬。

在这本就高不可攀的"班章白菜"族系普洱茶中，矗立着它的巅峰——"班章白菜橡筋茶"。以其2000年400克茶品为例，"野生班章+勐海茶厂"还有"白菜"有机元素的强大背景，当年成茶面世价格就高达人民币500元/饼。要知道那是2000年的500元！正当大部分人观望徘徊时，它的行情骤起，此后便是一路开挂，涨！涨！涨！如今，其整筒茶品的单饼价格已跃升百万之上，且一

饼难求，堪称价比金高。

然而，好茶绝非一蹴即就。那定是经历无数次实验试制，方能得来的臻味！

五月的芳村，已然是梅雨天气。关于疫后的市场重建，茶人们无信心，也无头绪，阴霾与压抑笼罩之下，无耐是它们的全部表情。

幸为茶人30余年，历经茶叶市场起起落落之时，也品尝了无数好茶，"班章橡筋茶"亦属其中。

摆弄着小半块用料和口感最接近2000年茶品的99年"班章白菜橡筋茶"实验大饼，我若有所思……视线模糊在它乌褐油润的条索之间。

"橡筋茶"最初被茶友们称为"长条茶""放养茶"。它的条索与一般普洱茶不同，十分颀长，茶梗极富弹性，不易拉断。即便

1999年班章白菜橡筋茶实验大饼

陳·茶

拉开也是藕断丝连,如同橡皮筋一般,因此业界俗称"橡筋茶"。

了解普洱茶的朋友,一定对"橡筋茶"不陌生。那是因为"橡筋茶"在普洱茶界地位超然,如果把普洱茶按照不同档次由低到高堆砌成一座"金字塔","橡筋茶"必是塔顶。

很多茶友都曾质疑,难道就凭茶梗弹性足,"橡筋茶"便能成为普洱茶金字塔尖上的收藏级顶流茶品?

当然不是。要揭开"橡筋茶"登临绝顶,俯瞰天下的秘密,就要从我手上的小半块99年"班章白菜橡筋茶"实验茶饼说起。因为它是"橡筋茶"后来行情爆火,进而创造出诸多财富奇迹的导火索。

实验大饼与常规茶饼对比

1999年，对普洱茶界而言是划时代的符号，具有里程碑的意义。这一年，无数传奇人物、明星茶品开始如雨后春笋般涌现。何天强、阮殿蓉与"班章白菜""班章白菜橡筋"茶的故事就此拉开帷幕。

20世纪90年代末，专做高端乌龙茶出口的广州何氏家族何天强、何宝强兄弟，到云南布朗山的班章茶区考察，被这里的生态环境和茶叶品质深深吸引。当时的班章人迹罕至，布朗族先民栽种的古茶树比比皆是，片片相连。何氏兄弟决定在这里选取上等原料制作普洱茶，不过山里条件有限，只能对茶叶进行初加工，故此还要到勐海县的茶厂寻求合作。

1999年，国营勐海茶厂资金告急，经营艰难。刚刚临危受命的阮殿蓉，作为一厂之长深知责任重大，不能让这座1940年成立、已有近60年历史的茶厂在自己手上关闭歇业。极富远见的她深思熟虑后，首先提出了"绿色食品"和"有机食品"的认证方案。"绿色食品"大家都知道，而"有机食品"是对食品质量的最高认证，在当时却少有人知。由于外国认证专家在布朗基地发现农药包装，暂时否决了勐海茶厂的有机茶认证申请。阮殿蓉只好退而求之，在布朗基地附近找了一处生态优异的寨子，摘取茶叶进行农药检测，才顺利通过有机茶认证。而这个不知名的小村寨，就叫做"老班章"。

也是在这一年，勐海茶厂因连年经营不善，面临破产清算的窘困局面。阮殿蓉又果断提出副业创收的想法，创造性地开办了来料

陳·茶

加工业务，邀请茶商将收来的茶菁原料送到勐海茶厂精制加工，以饼为单位计算加工费。

勐海茶厂的新业务与何氏兄弟的新需求不谋而合，恰巧茶厂又刚刚通过了"绿色食品"和"有机食品"双认证，班章原料也高度符合认证要求，于是就在包装绵纸上印了一棵绿色白菜图案的有机认证标志。无论是无意之举还是有意为之，而这一做法却首先成就了这小半块99年"班章白菜橡筋茶"，进而又在偶然间改写了云南普洱茶的历史。

扭撬了些许99年"班章白菜橡筋茶"，置于烫过的紫砂壶中，一股醇酽烟香扑面而来。这些班章野放高秆茶料，由于树干高大，营养物质输送到叶片的路程较长，致使茶梗和叶脉异常发达。梗脉都是输导组织，以纤维素、木质素维管束为主，是输送芳香物质和

LOT 110
班章白菜橡筋茶（散筒）

茶厂：勐海茶厂
工序：生饼
仓储：自然仓偏干
重量：2800g
数量：一筒7片
参考价：人民币 5,150,000

储存糖类物质的主要部位，香气物质积累丰富，因此香气和甜度极为突出。

历经20余年，是从新到陈的穿梭。一路走来，静寂修炼，茶汤已由当初的青黄、金黄，转为当下的橙红、酒红。时间赋予它琥珀美玉般油润质地，在公道杯中荡漾出艳丽，飘袅出幽香。

天然纯净的山野兰蜜香气饱满霸道，与其独特烟香融为一体，木香、药香兼得，遇水迸发，肆意浓烈，灵气袭人，狂放雄厚，力透肺腑。

轻啜茶汤，高山霸烈之气形成的强大压迫感汹涌而来。喉咙深处微苦回甘，两颊生津不容拒绝，汤体稠滑厚实，茶气猛烈强劲，水路极为细腻。长梗带来了甘甜蜜韵，木质香浓，草药香醇，随茶气奔袭四肢百骸，喉韵透润，蜜甜芬芳。这种迷人感受，越往后喝越是清晰，可延绵至尾水阶段。

99年"班章白菜橡筋茶"堪称品饮价值与收

班章白菜橡筋硕大条索

藏价值尽得的典范，确是"班章白菜"族系普洱茶的巅峰和起源，其优秀品质亦赶超了关于它的神话传奇。

惜哉！神话已成绝响，传奇再难复制……

"绿大树"传奇

2022 端午
广州南方茶市

说到"绿大树",普洱茶爱好者应该都不陌生。我们曾有《醇熟绿大树》《白水清绿大树独步天下》等文章谈及它的历史和故事。

当然,我们曾提及的不过是冰山一角,茶叶市场上还存在着这样或是那样的众多"绿大树"普洱茶品。这似乎给了我们一种印象,就是在那个特定的年代,"绿大树"成为一种时尚,国营茶厂、私人茶庄以及国内外茶人都在竞相选料生产或私家定制。一时间,"绿大树"比比皆是,让人眼花缭乱,良莠难辨。

对云南普洱茶而言,20世纪90年代是个特定历史时期,之前的文章里亦有较大篇幅的介绍。总之,就是这一时期国营茶厂正值改革阵痛,"号级茶"成为久远的历史,"印级茶"已是强弩之末,普洱茶下一个时代走向不甚明朗。

1990年代绿大树版面及包法

在这样的时代背景下,"绿大树"出现了。

它的诞生,是历史发展的必然条件下,机缘巧合的偶然而成。

为什么这么说呢?

那个时候,无论国营茶厂、私人茶庄,还是国内外茶人,都已失去普洱茶方向,进入了"混沌期"。人们渴望普洱茶"复兴时代"的来临,以港、澳、台以及东南亚茶人为代表,开始"寻茶易武"。于是"古树""山头"的概念应运而生,恢复"古法""贡茶",复刻"号级茶""印级茶",推出"村寨茶""正山茶"……层出不穷,相继上市。这棵"绿大树"便是其中的成功典范。

"绿大树"应该说是从马来西亚茶商向国营茶厂定制开始的。当年马来西亚"发烧级"普洱茶商偶然喝到时下并不多见的"易武大

饼面细节

树茶"，被其"香甜绵柔、厚实有力"的茶汤所征服，当即便萌生了把古茶树符号标志化地印在绵纸上，将茶的象征意义从"禅茶一味"或者是"七碗通仙灵"，物化成了一棵苍翠茂盛的参天大茶树，书写出"山河地理、草木知味"普洱新高度的念头，遂以"选用易武核心产茶区古树纯料"为茶品制作标准，向国营茶厂定制了首批"绿大树"易武正山野生茶品。

有普洱藏家说："易武茶运往京城，被皇帝喝代表了东方帝国最高的品味；易武茶运往西藏，被僧侣喝，是最贴近人类信仰的灌顶醍醐。"后来，易武茶被运往港、澳、台、东南亚以及欧美地区，便是以最深沉的东方品味和最高尚人类信仰，深刻影响世界！

关于易武和易武茶，有太多的故事。"茶马古道的起点""贡茶

内票

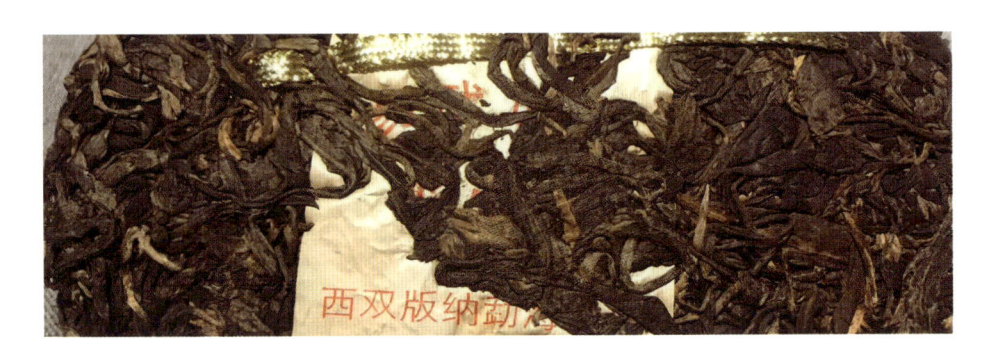

内飞及饼面细节

第一镇""茶贸易开端""与霸气班章并肩而立的柔情易武""普洱茶无法逾越的地方""百年老茶诞生地""普洱茶人一生的归宿"……不胜枚举！

看包装版面，素净无奇，一棵大茶树傲然而立，只标注"易武正山野生茶""云南省西双版纳勐海出品"。寥寥几字，看不出任何特别之处，甚至出处只提及"勐海出品"，而未标明茶厂。因为当时国营茶厂，生产茶品时不会去特意区分原料的种植地区和树龄，大部分茶菁是以"混采"为主。"绿大树"远远超出它的茶品档次，对定制者而言标明茶厂反而降低了茶品档次，故而有很长一段时间"只委托生产，而不落厂名"成为定制茶的普遍特征。这棵"绿大树"即使包装版面普通得不能再普通，但每一位资深茶人都知道它的分量和价值。因为站在普洱茶发展历史角度看，它无疑是一款处于"普洱殿堂"上的神级茶品，绢绢金丝，光芒万丈。

陳茶

"绿大树"的诞生，无形中成为一股强大推力，推动普洱茶市场开始有意识地去认知"古树茶"的魅力。也因此有人说："90年代是古树茶的'起源'，纯料茶的'开端'，以'绿大树'为代表茶品的出现，恰好缓解了'印级茶'后继乏力的尴尬，开起了一个崭新的普洱茶时代。"

这"殿堂级"的普洱神作，剥去绵纸，赤裸裸相对，才发现它的与众不同，内飞处一条精致的"金丝带"格外醒目，这是茶品定制者为了区别于当时国营茶厂杂乱无章的茶品，并表明茶饼等级和正身防伪，而特意加上去的。

茶饼形制规整，饱满圆润；色泽乌褐油亮，金毫尽显；条索紧结匀齐，肥厚露芽；干香陈木蜜果，高扬悠长。

撬茶、注水、出汤。高扬的兰花香气热烈而厚实，陈木气息相继而来……就像一幅诗意浓浓的水墨画卷被徐徐展开。走近它，香气从浅入深，滋味由淡及浓。

入口、咀嚼、体会。典型的易武果韵蜜香馥郁，基本无烟味，更无丝毫杂味。柔顺软糯的茶汤中，呈现出被时间浸润而凝炼出来的陈木质香。滋味厚重浓酽，苦涩较轻，生津充足，回甘透彻，含蓄的口腔刺激，令人深刻体会出它的"柔甜至味"！

过喉、入腹、及背。油润、饱满的茶汤，一杯杯滑过喉咙，宽厚的茶气随之而起，在胃肠间回旋荡漾，微波涌时胸背发热，细汗淋滴，仿若石桥闲坐，沐浴江南暖雨，有伞也罢，无伞也罢，均是极致的体悟与感受……

"绿大树"不仅品质极为优秀，它的经历也颇有传奇色彩。20世纪90年代初期，国内对普洱茶认知十分有限，在大部分人眼中它仅仅就是个有地方民族特色的农副产品。对于喝惯了绿茶、红茶、花茶的中原地区，人们甚至都没有听说过普洱茶。就连云南当地的茶厂，大都以生产市场认可、销量较大的红茶、绿茶、花茶为主。所以，当茶品生产完毕后，马来西亚茶商没有着眼有限的国内市场，而是将其全部运往海外销售、储藏。

筒面

岂料若干年后，港、澳、台以及大批海外华人来到国内投资兴业，经济交流促进了文化交流，国内"普洱茶热"逐渐形成，普洱茶的品饮价值、文化价值和收藏价值也随之被广泛认可。这棵"绿大树"也顺势回流国内市场销售，兜兜转转30年，又以这时光炼化的"醇甜柔美"向我们述说它的陈年故事。

从更深层的意义来说，"绿大树"宛如一条用普洱醇酽汤汁凝练出来的七彩纽带，联结了港、澳、台以及海外华人与祖国大陆的血脉相承，让"越陈越香"的普洱滋味沁润世人……

灰绳『绿大树』

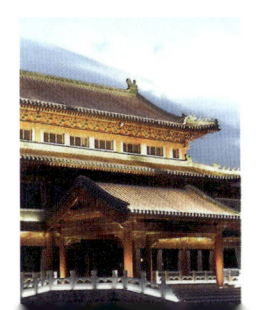

2023 夏月
北京钓鱼台

陳·茶

就普洱茶而言，经典之所以成为经典，是茶品经过时间的陈化与历史的检验，使它超越其本身的价值和意义，进而成为一种文化沉淀，无论多少经年累月，它都会光彩熠熠……

"绿大树"，如同前面那些关乎它的文章中曾提及的，在20世纪90年代那个特定时期，它不仅是经典，而且是时尚。此后很长一段时间，国营茶厂、私人茶庄以及国内外茶人都在竞相选料生产或私家定制"绿大树"，以至于市场上存在着这样或者是那样的"绿大树"，产品之多，令人眼花缭乱，品质参差，让人良莠难辨。当然，这其中也不乏经典中的经典茶品，以恢宏的气魄传世而来。

"绿大树"全名"易武正山野生茶特级品"，因其包装版面正

2003年勐海茶厂绿大树版面及包法

中间印刷了一棵绿色的大茶树而得名，它也是20世纪90年代"大树茶""纯料茶"起源时期，易武野生茶流派的代表作之一。有传闻说"绿大树"最早出现在20世纪80年代，也有人说第一棵"绿大树"诞生于1992年，而迄今为止有记载的第一批"绿大树"却迟见于1993年。那时候"绿大树"只是在茶品测试阶段，没有量产，也几乎不被关注。1999年，广东茶商叶炳怀先生受台湾茶商庄荣浩先生委托，找到勐海茶厂（时任厂长阮殿蓉），与苏品学先生共同研究，指定收购易武茶区野生乔木春秋两季茶菁原料，并以春茶占大部分，拼配少量秋茶压制成茶饼，业内称"99绿大树"。因为茶饼内飞背面盖有"易武正山大树乔木精工揉选"的红色或蓝色印章，所以有"红票""蓝票"之分。后来，由于叶炳怀、庄荣浩

大票

等茶人的推广和宣传，加之吴远之等资本运作"白菜""孔雀"的作用下，这棵"绿大树"开始名声大噪，成为被极限追捧的"普洱明星"。以至于茶人们都以拥有一款不同年份版本的"绿大树"为荣耀，在很长一段时间里，各大茶叶市场街头巷议的话题都被"红票""蓝票""大2""小2"等"绿大树"故事所占据……一个"绿大树"的传奇时代就此形成。

曾有人说"绿大树"是勐海茶厂定制茶的经典，关于绿大树的定制者，除了江湖人熟知的叶炳怀之外，几乎被遗忘的台湾茶人庄荣浩也是必须要提及的。1998年，庄荣浩到广东芳村，与新业茶行的叶炳怀合作定制高品质普洱茶，两人反复试茶，讨论方案，共同选定茶菁原料和包装版面，并确定"99绿大树"由国营勐海茶厂生

内飞及饼面细节

产。对于勐海茶厂，这种OEM订单按个性化需求生产，几乎前所未闻，毕竟当时连出口茶都没有这么严苛的要求。最终"99绿大树"分两批交货，第一批从1999年年底开始零散运往台湾。世事难料，2000年庄荣浩不幸颈椎受伤陷入昏迷，经抢救仍然导致颈部以下瘫痪，已无心经营生意，便将所存茶叶全部出售。而第二批已经付款交货但尚未运送至台湾的茶叶，则直接留给了叶炳怀，至此内地才有了第一批真正意义上的定制茶。

"绿大树"之所以选择易武茶区的茶菁原料制作，主要是当时的台湾茶圈，"号级"普洱茶颇为流行，而这些"号级"茶基本都是采用易武原料制作而成，其内票上大多标明"易武正山"字样，因此易武茶在台湾茶人心中是品质的象征，地位极高。在那个特殊时代，无数台湾茶商不远万里跨洋过海，来到易武古镇，足迹踏遍崇山峻岭，寻找现存的古茶树群落，在昔日老街掀起一股复兴普洱茶的风潮。为了恢复易武茶的往日荣光，属于易武茶流派的"绿大树"体系茶品，除了对茶菁原料要求很高之外，还对制作工艺、生产厂家都有规定。例如：必须选用易武茶区的山头春茶、必须在茶山当地直接收购茶菁原料、必须委托较大茶厂加工生产、必须采用传统制茶工艺制作，等等。

在市场上整个"绿大树"茶品体系中，勐海茶厂的茶品不仅是"绿大树"的开山鼻祖，而且族系庞大，品类最多，其中经典更是

陈·茶

不可胜数。勐海茶厂"绿大树"茶品族系共有4大系列,包括:高山系、野生系、大叶系和大益系,的确可堪"名门望族"。北京保利2022年春季拍卖会上,即便是在新冠疫情期间,一筒7片"99绿大树"的拍卖成交价格仍高达人民币28.7万元,它整个族系茶品的收藏价值之高,可见一斑。

2003年(2002年原料)勐海茶厂出品的201批"绿大树"整件以白、灰绳子捆绑为"暗记",分为常规(厂货)白绳版、指定(经销商包销)灰绳版两个批次。说是"暗记",其实一点也不暗,明晃晃的"白绳"和"灰绳"相差甚远,"白绳"所捆绑的茶品是常规厂货,而"灰绳"所捆绑的茶品则是经销商指定原料生产的版本。茶品内飞右上角印有明显的"大益"标识,与私人定制的大叶系"中茶"标识有所区别,中间是"易武正山野生茶",底下注明"勐海茶厂出品"并带傣文标饰。因"灰绳版"茶品烟香梅子韵更为突出,业内普遍认为其品质更优,因此,格外被普洱收藏圈所关注,行情价格也比"白绳版"高出2倍左右。

藏茶如玉,以岁月酝酿醇酽滋味;

惜茶如金,以时光凝炼陈韵茶香。

拆开绵纸,乌黑油亮的茶饼紧实圆整,散发出股股迷人的干茶香气。注水入茶,茶汤橙黄偏红,厚重浓郁,通透明亮,毫无杂质。由此可见,这20年来它一直处在优秀的干仓环境中修炼自己。

烟香梅子韵，是它不可复制的特殊魅力。随着冲泡出汤，热气扬起，烟香和茶汤相融，又与花香、蜜香、果香、木香交替出现，此起彼伏，互相唱和，在层层叠叠的香气中托现出易武野生茶特有的山野气韵。烟香入水，滋味逐层变化，水路细腻，汤质厚实，甘爽遒劲，恰到好处的甘润感和丰富饱满的草木韵，把口腔中的每个味蕾都整理得服服帖帖。茶汤饮至中段，满口都是浓郁的果香梅子韵，翻滚中老茶的木质香渐渐显现，且越发明确，整个茶汤变得生动起来，活泼可爱，余韵不绝。

对于陈期20年的老茶来说，其口感滋味已逐渐到达一个巅峰时期，因此而奠定了中老期普洱"明星"茶的地位。当然，随着它

整筒2003年勐海茶厂绿大树

陈·茶

静守岁月，孤寂中修炼出更加惊艳的口感滋味，茶人们更加期待未来它作为"古董老茶"的下一个巅峰！

老茶并非时尚潮物，亦非科技产品，不因时代变迁而失去价值。茶中经典非但不因时间而过时过季，反会因其"喝一片少一片"而不断珍罕的特质，而日益金贵。

20世纪90年代末期，改革开放带来普洱茶的复兴时代，这也是复兴易武茶的开始。原料产区（号级贡茶易武同产区）+工艺技术（大茶厂技术保证）+仓储（纯干仓储存）+时间（20年陈期转化）+口碑（业界公认的经典），给予了"绿大树"传承经典、功成名就的一切条件。

时光荏苒，岁月如歌，如果有幸拥有上述"条件"的茶品，时间便会带来一段段美好的品茗时刻，让你徜徉在普洱茶"越陈越香"的魅力世界，不能自拔……

千年景迈山

2022
中秋
廊坊天华园

陳·茶

"自云先世避秦时乱,率妻子邑人来此绝境,不复出焉,遂与外人间隔。问今是何世,乃不知有汉,无论魏晋。"

远山、近水、农舍、炊烟,还有翩跹舞蹈的布朗族少女……伴着千年古茶林的袅袅茶香,在澜沧江畔绘就千年画卷,诗一般存在着茶人心中的世外桃园——"千年景迈山"。

说到"千年景迈山",还要从它最初贡献给神灵和最高首领的两种贡品说起。

"勉"和"腊戈新",即酸茶(象征庄重严肃)和小雀嘴尖茶(象征高贵富有)是当时的主要贡品。据《仁宗本纪》记载:"辛丑,八百媳妇、大、小彻里蛮献训象及方物。"由于景迈山是八百媳妇的领地,所以茶叶极有可能作为"方物"贡献给当时的统治者。在景迈的历史传说中,部落首领曾将其送给版纳傣王召勐巴拉纳西和孟连宣抚司王孟连召伙康。1950 年,新中国成立不久,芒景布朗族头人就把这至高无上的贡茶赠送给国家。

作为中国的新六大茶山之一,景迈山千年古树茶的面积堪称六山之最。景迈县域内茶叶总面积有 29.4 万亩,其中古茶园更是高达 2.8 万亩,仅景迈村辖区内就拥有"千年万亩古茶园"。由于山中光照良好、水分充足、树林密布、落叶堆积、土壤肥沃,适生条件优越,茶品质量上乘。所以就茶而言,"班章为王,易武为后,景迈为妃"在业内被传为美谈,虽非官方发布,而是自然形成,恰恰说明这代表茶人们的"民意",可见其茶叶品质非同一般。

提及景迈茶,"何仕华"这个名字是无论如何也绕不开的。因为是他鼎定了我国云南是"世界茶树原生地"的地位,并以"千年古茶树茶"缔造出景迈古树茶的标杆,对普洱茶,特别是景迈茶贡献巨大。

据公开资料显示:何仕华1965年从部队转业到思茅,从事茶业和对外贸易工作。他长期对茶业行业管理、茶叶技术推广、茶树栽培管理、粗精制茶加工、名优茶品开发、茶产业创新发展,特别是古茶(林)树保护及古树茶等方面进行深入研究,并主持和参加了25个茶叶基地论证实施项目,组织发展密植速生高产生态有机茶园20余万亩。1997年,他发现并组织专家考察论证"邦崴古茶树"是

2001年何仕华定制"版比腊告"千年古茶树茶(200克)版面及包法

世界唯一的过渡型千年古茶树,确立了我国云南是世界茶树原生地的地位。为纪念这一重大发现,国家于当年发行了一套名为《茶》的纪念邮票,把这棵云南省澜沧拉祜族自治县邦崴村的过渡型千年古茶树作为图案之一,向世界传播古树茶历史文化。此后,他始终不渝地致力于保护澜沧景迈古茶(林)树,成为保护古茶(林)树的忠诚卫士,被誉为"中国古茶第一人"。

"老骥伏枥,志在千里。"何仕华退休后,仍然不断探索普洱茶制作工艺,坚持创新发展。其研制生产的"版比腊告"牌普洱茶,获国际名茶金奖;其专著《普洱茶研究与实践》获云南茶科技、茶文化创新"一等奖"、中国西部地区优秀科技图书"二等奖";其本人获"全国弘扬茶文化突出贡献奖""觉农勋章奖""老茶人贡献奖"。

内飞及饼面细节

"版比腊告"是何仕华一手创立的普洱茶品牌,其千年古茶树茶系列茶品从1997年开始生产,他坚持亲自上手选料制作,求质不求量,或多或少每年都有限量精品茶品面市,为了区别于常规茶品,特在包装版面右下角盖上何仕华的私章,意在打造业界公认的景迈茶标杆。如今,这些茶品,在茶人们眼中都已是可遇不可求的茶中精品。

近些年,由于云南、广东茶事繁杂,我虽然曾多次与"版比腊告"各年份茶品相遇,却只是一饮而过,未得深入了解和学习,感觉只停留在"景迈古树好茶"的印象里……幸于前几日,广东藏家寄来2001年马来西亚资深茶商向何仕华定制的"版比腊告"千年古茶树茶200克规格的普洱青饼,才让我有了这次借中秋假期深度赏析它的机会!

这款茶品,采用早年格文纸包装,茶纸厚实柔韧,略有茶油浸出。茶饼版面上方弧状排列"千年古茶树茶",就此说明了它的选料是千年古茶树上的茶菁;正中是手印上去的绿色"茶"字,佐证着它是手工工艺制作的属性;下方偏左是"版比腊告"的图文商标,"版比腊告"傣文中就是"古茶树"的意思;有别于其他常规茶品的是右下角盖了一枚"何仕华印"的私章,从而突出了它限量版珍藏的特殊身份。

夏秋之交,天华园窗外的参天银杏仍然郁郁葱葱,伴着落果也

陳·茶

飘下片片黄叶。托着茶饼,沉甸甸地很有分量,我不由得心潮澎湃起来,这不仅是即将深识老茶的如愿以偿,更是对何仕华等老一辈茶人深怀的崇敬之心。

珍贵难得的古树芽头、紧实饱满,20余年珍藏转化,使之色泽乌褐油润,干香怡人。随着冲泡,香气层层绽放,茶性渐渐苏醒,陈香、参香、蜜香交迭起伏,久存杯底,就此掀开了千年古茶山的神秘面纱。汤汁橙红透亮,高山云雾古茶园孕育出的兰韵奇香早已融入其中。入口之际,汤水稠厚,蜜甜伴着花香汹涌而来。顺喉而下,蜜香飘逸,茶气遒劲有力,游走全身。

茶汤整体表现稳定均衡,直至15泡仍不掉滋味,喉咙、舌面和两腮尽是香香甜甜。再坐杯静置1分钟,仍然可以感受到汤汁丰足绵甜,续航性较强。

一个人喝酒,大部分是烦恼,可能是闷酒;

一个人喝茶,大部分是思考,可能是境界。

而今日之茶,我却喝出"大隐于市,深隐于茶"的无限自由……

景迈「兰贵」

2022 仲秋
普洱景迈山

千年景迈山，金马鹿出没的地方。

据云南景迈傣族土著茶农口述，我整理出一则关于景迈山与金马鹿的传说故事。

很久以前，在勐卯豪法地区居住着一个十分庞大的傣族部落。当时部落族民大都是以游猎为生，随着人口的不断增长，食物匮乏成为限制部落发展的主要矛盾。于是，部落王子召糯腊便带领一部分青壮族民沿着澜沧江南下，边游猎边寻找新的家园。

有一天，他们发现一头金色的马鹿在山坡上悠闲地吃草，就毫不犹豫地追赶过去。岂料，无论怎么追赶，金马鹿总是在前方不远的地方，你快它也快，你慢它也慢，你停它也停，怎么也追赶不上。就这样追追停停，不知追赶了多少天，金马鹿终于在景迈山上

2006年茶浓号景迈古树茶版面及包法

一株遮天蔽日的千年古树下驻足回望。可当他们赶到树下,它却又莫名其妙地不见踪迹。

召糯腊惊讶之余,俯视山下,只见茫茫云海笼罩着茂密的原始森林。而这里虽在山上,却地势平缓、土地肥沃、山川秀美、日丽风和,到处是盛开的各色兰花。闭目深吸,泥土的味道里裹挟着股股兰花香气扑面而来,令人心旷神怡。召糯腊恍然大悟,判定这是金马鹿受上天之遣,将他们引领至这天府家园。于是,便带领妻子、儿女和部落族民在这里定居下来……

清代黄任《题画兰》曰:

何来尔室香,四壁即空谷。一拳古而媚,美人伴幽独。

原澧多所思,远道我心痗。纸窗招香魂,貌之不敢佩。

磁斗养绮石,源清者香远。君从辋川来,而得此粉本。

21世纪初,云南"兰贵",兰花曾一度被炒出天价,终崩于市,警醒爱兰人。而此"兰贵",却非彼"兰贵",我们说的"兰贵"是云南景迈普洱茶兰香贵重。古往今来,多少谦谦君子以兰为好,咏兰爱兰,而他们大多又以茶为友,咏茶爱茶。曾几何时,茶中兰韵已然成为他们的好恶所向,品茗斗茶皆以此为尺,兰韵越是浓郁就越显贵重。

景迈普洱茶最典型的特征,就是那带着山野气韵,且高扬、浓郁、持久的兰花香。而这种贵重的兰花香,是茶中"香魁",也被

陳·茶

人们称为"景迈香",故此说"景迈兰贵"。

在当代,提及景迈茶,人们自然会想到何仕华。关于何仕华,我们且不说他一生学茶、制茶、护茶,著书立说,弘扬茶文化……这些在《千年景迈山》一文中都曾有过详细的介绍。单单就从1997年,他发现并组织专家考察论证"邦崴古茶树"是世界唯一的过渡型千年古茶树,确立了我国云南是世界茶树原生地的地位而言,对云南普洱茶,特别是景迈普洱茶贡献巨大,被誉为"中国古茶第一人"。

在茶界,说到茶浓号,也是赫赫有名。我们在前面《醇酽福禄寿喜》文章里,亦对茶号过往和主人杜琼芝作了较大篇幅的说明。总之,杜琼芝师从制茶大师邹炳良先生,曾任原勐海茶厂技术部主任,是叱咤一时的原勐海茶厂"五朵金花"之一,其制茶技艺早已

内飞及饼面细节

登上巅峰。而这款数量稀少，价值斐然的茶浓号2006年景迈古树茶王正山阳春嫩尖普洱青饼，则是两位茶界巨匠与茶浓号联合出品的结晶之作。

众所周知，《中华人民共和国广告法》规定，自2015年起不得在茶品外包装上使用"古树""茶王"之类的字眼。2006年之后，杜琼芝全力推广"鹏程茶厂"自主生产的品牌茶品。所以在某种意义上讲，茶浓号2006年景迈古树茶王正山阳春嫩尖普洱青饼，也算是它的"末代茶王"了。

茶品的茶菁原料，精选自景迈万亩古茶园中乔木型正山千年古茶树上的头春嫩尖，一芽一叶或一芽二叶，是真正的"茶王"级别。春水、夏苦、秋香、冬淡，只有景迈正春"茶王"才会有如此细腻的汤汁。干茶香、汤汁香、杯底香兰韵馥郁，山野气息强烈。回甘、生津、体感均是极致体验，的确不枉茶人心中的"圣山"地位和"香妃"雅号。当年一经上市，便广受追捧，好评如潮。

16年岁月沧桑，略显破旧的绵纸，突出标注着"景迈古树茶王""正山""阳

陈·茶

春""嫩尖"等茶品选料信息。400克的饼形饱满厚重、大气超然、芽头肥壮、金黄，条索油润、硕大。凑近深吸，干茶蜜陈香韵显著。

惜，抬眼墙上时钟，已指向午夜时分，本已撬好的8克茶，也只好暂时搁置，待来日再泡……

凌晨5点刚过，或许是惦记着昨夜待泡之茶，豁然间已睡意全无。

干茶初泡，浓浓的兰花蜜糖香，冠绝惊艳。琥珀色的汤汁，裹挟着陈木香、梅子香、杏仁香在杯盏中荡漾四溢。

轻啜入口，丰富饱满的混合香韵随温热汤汁滚滚而来，过喉的一瞬果酸香反袭齿颊，继而兰香再次涌起。再三啜饮，汤感饱满、硬朗、厚重、稠滑，苦度强烈但十分舒爽，涩度微弱却津甘迅猛。茶气极富穿透力，体感遒劲，层次分明。特别是茶汤中段，黏稠、细腻，冲击力强，无限叠加的胶质能量延绵不绝。融兰之香、蜜之甜于茶汤滋味，在口腔中撩拨味蕾，沁润咽喉过后，进而引向四肢百骸，将一切身心体验归于这一盏"美好"之中！

茶品的稳定性和均衡性很好，直至15泡不掉滋味。即便是尾段，坐杯静置1分钟出汤，浓实清甜、兰韵留存的感受依然明确，汤感的续航性极佳。由此可见，岁月磨砺后的景迈茶王已然凝练出非凡的气度与分量。久藏之下，也必会是"行而不辍，未来可期"。

晨曦穿破晓雾，金光闪处，心神俱是草木花香、飘逸万里……

整筒 2006 年茶浓号景迈古树茶

陳 茶

◎ 心神俱是草木花香

千寻「凤迹」柔天下

2022 金秋
南京夫子庙

陳·茶

> 羽骑凌云转，阊阖带空悬。
> 长旗扫月窟，凤迹辗星躔。

"凤迹"一名，出自梁武帝萧衍《阊阖篇》，其本意为：仙人或贵人车乘的辙迹。

南朝时，梁武帝萧衍，是集儒、道、释思想于一身的千古帝王。早期以传统儒家和道教思想治理国家，晚年曾几度出家为僧，精研佛法，推崇用佛教思想治国理政。"南朝四百八十寺，多少楼台烟雨中。"杜牧诗句言极南朝寺庙之多，僧侣之众。物极必反，无论是魏晋，还是南北朝时期，宽宥的治政方略，导致"侈汰之害，甚于天灾"的纵欲主义使世风日下。一些有识之士痛心疾首，于是出现了陆纳"以茶为素业"、桓温"以茶代酒宴"等一批政治家"以茶倡廉抗奢"的典型事例，其后"儒、道、释"的"茶寮"文化逐渐兴起，民间饮茶之风更是盛极一时，极大地匡正了当时社

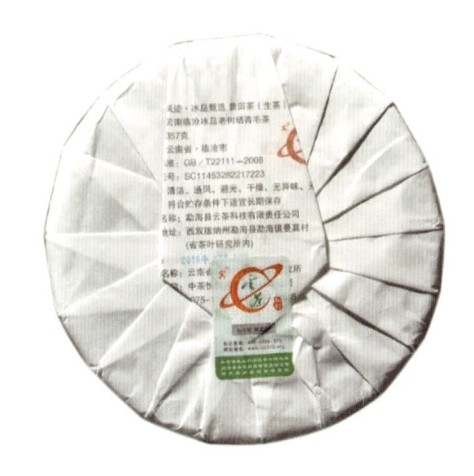

2019年凤迹冰岛古树茶版面及包法

会的不良风气。这里的"凤迹",也是我们见证茶文化,在历史各个时期对经济社会发展发挥巨大作用的"印记"。

说了这么多,冰岛乔木古树茶到底为什么叫"凤迹"呢?

近年来,普洱茶界盛传"班章为王,冰岛为后"的传说。所谓"后"者,宽宥仁爱、端庄甜美,怀柔千里江山,母仪华夏大地,恰如珍稀的冰岛乔木古树茶,蜜韵清幽、和熙委婉的品质特征。冰岛甄选乔木古树茶又是中茶悦泰联合云南省茶研所和云茶科技,在冰岛茶山古寨"千寻"所得,故此得名——"凤迹"!

日月霜华抚育着每一株枝丫。

山川气韵滋养着每一片叶芽。

阳光在微风摇曳中折射出它的无限光彩。

内飞及饼面细节

陳·茶

这里是七彩云南，鸾凤出没之地，
是传说中的冰岛茶山古寨。
回眸里！满山的"茶精灵"在欢悦舞蹈……

冰岛是临沧市双江县著名的古代产茶村，以盛产冰岛大叶种茶而闻名，是勐库大叶种的发源地，也是双江县最早有人工栽培茶树的地方之一。提及冰岛茶，其浓烈高扬的花香，早已和那些名贵的普洱茶品种一道，名声远播。但独特的土壤环境和气候条件，所赋予冰岛茶那独一无二的"冰糖蜜韵"，却是其他普洱茶所不可企及的！

那么，"冰糖蜜韵"到底是什么呢？

"冰糖蜜韵"是冰岛茶独有的口感特征，它区别于其他普洱茶，且极具代表性，是茶人味蕾上的深刻记忆。

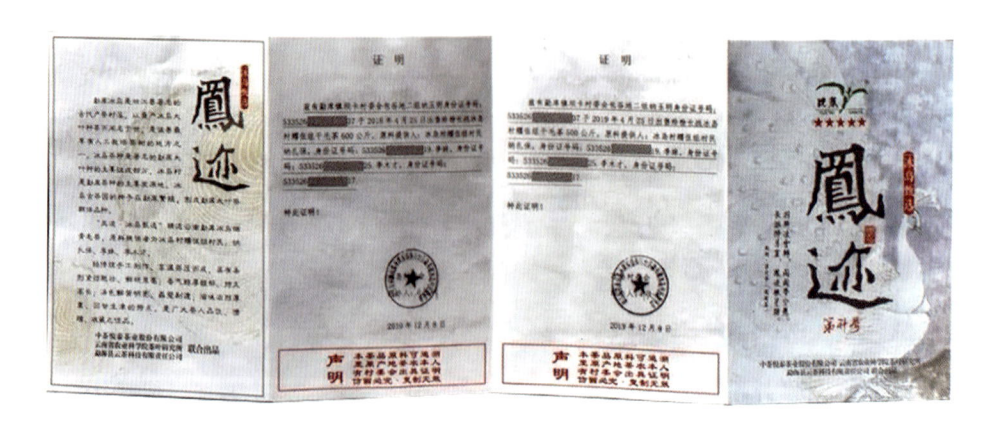

产品说明书

茶汤像一杯用野生蜂蜜调制的冰糖水。轻啜入口，凉甜的醇醇香韵，奔涌澎湃。它虽甜似冰糖，却又不会过于甜腻，清凉、优雅、舒缓；它虽香若野蜜，却又不会过于馥郁，清幽、恬淡、温和。如此心得体会，落于文字，也不过是其万一而已。正所谓：若不身在其中，何来感同身受！走遍云南群山，这种独特的"冰糖蜜韵"，唯有在冰岛茶上体现得淋漓尽致。

据相关资料记载，冰岛傣族种茶已有500多年历史。在勐勐傣族土司统治时期，勐库许多村寨都来冰岛老寨引过茶种。由于冰岛老寨的茶叶历史悠久、品质优良，当时冰岛老寨的茶园相当于勐勐傣族土司的私家茶园、贵族茶园，地位很高。由于勐勐傣族土司的重视与关照，清光绪年间，冰岛茶就已经名声鹊起，四海传香。

当今时代，越来越多茶人发现、欣赏，甚至是追捧冰岛茶的柔

简面及原筒包装

美天香，特别是它独特的"冰糖蜜韵"，更是"醉倒"无数文人骚客、僧道释儒和社会各界精英。

在普洱茶界，逐渐形成一种："班章为王，冰岛为后"的说法。不经意间，冰岛茶已问鼎普洱之巅，与普洱霸主"老班章"相媲美。虽然二者口感风格迥然不同，但品质原因使之不仅并肩"老班章"，与"老班章"铢两悉称，而且鼎定了其"怀柔天下"的江湖地位。

2019年春天，中茶悦泰、云南茶研所与云茶科技，组织专家和骨干技术人员，于春茶季节到冰岛村寨，实地甄选冰岛乔木古树一芽二叶茶菁原料。值得注意的是，这些茶菁的每一片芽叶均可追溯到村委会和茶农本人，又有资深专家监督经验丰富的制茶师傅，采用传统工艺压制成饼。从而打造出冰岛茶的"巅峰之作"——"凤迹"，可谓是：王族气质，万中无一！

茶底

茶汤

"凤迹"新茶,经专家评:香气高扬持久,延绵悠长,有茶开九道杯香不散之说。众茶人聚饮间,有通儒者即吟宋玉(先秦)诗句:"凤皇上击九千里,绝云霓,负苍天,足乱浮云,翱翔乎杳冥之上。"以赞其香!茶汤是"冰糖蜜韵"的完美诠释,饱满醇厚,绵柔有力;无苦微涩,转瞬即化;回甘生津,显著清晰;水路细腻,喉润头清。茶汤过喉,直入胸腹,冲击丹田,反袭两肋,体感之强烈,有"三杯开怀,五盏通脉"的绝妙体会!

　　如今,陈期3年多虽不算长,但是对于天赋异禀的冰岛甄选乔木古树茶饼来说,1200多个日夜已将其炼化得初具"中期普洱茶"的特征。香气、滋味、体感等各项指标已趋于稳定,为后期陈放转化做好了积极准备。

　　饮茶之间,一个场景画面豁然于脑海,那便是宋代才女李清照在《〈金石录〉后序》中记述的一则她和赵明诚夫妇两个"赌书泼茶"的趣味故事:

　　"余性偶强记,每饭罢,坐归来堂,烹茶,指堆积书史,言某事在某书、某卷、第几页、第几行,以中否,角胜负,为饮茶先后。中,既举杯大笑,至茶倾覆怀中,反不得饮而起。甘心老是乡矣!"

　　此中情境,令人效而不得,只能羡之又羡!我想,这或许就是我辈茶人对茶品未来的期待与憧憬……

陳·茶 CHEN CHA

◎ 期待与憧憬

昔归「君子之风」

2022 深秋
临沧昔归老寨

陳·茶

古老的嘎里渡口，恬淡里守望着澜沧江，沿江而上，昔归村寨若隐若现在苍翠的忙麓山中，诡秘而庄敬。

坐室观天文曲朗，

临风品水惠山清。

一抹夕阳，洒进竹楼。举头望读东山墙上那幅清末民初著名书法家李学曾老先生的书法楹联，恰合此刻心境。

在云南人的生活中，有两样东西既是司空见惯，又被视若珍宝，那就是茶和竹。茶，天地灵物，日月精华；竹，依依似君子，天地不相依。曾几何时，它们竟凝结成这般天然、野性的谦谦君子之风……

据传，竹筒茶最早诞生于云南南部傣族、拉祜族聚居地，距今已有200多年。傣语中"腊跺"就是"竹筒香茶"的意思，因其选料细嫩珍贵，又名"姑娘茶"。

那时候，它象征财富和高贵，主要是当地少数民族土著人家珍藏或随亲陪嫁、礼信馈赠之用。

根据云南"濮人"千年种茶历史，以及古茶树现状，可以推测出云南少数民族制作和饮用竹筒茶的时间，远比清代史料记载的时间还要久远，根本不止200多年。清代最出名的竹筒茶，应该是勐海勐宋的那卡竹筒茶，除此之外，其他少数民族地区也出产少量竹筒茶，只是未能远销，故此鲜有人知。

那么，竹筒茶的历史记载为什么少之又少？

经综合分析认为：一是因为从元代开始，云南少数民族才归属中央统辖，也就是从车里宣慰司时期开始，汉人才逐渐定居云南部分地区，而明代在版纳诞生的15座茶山以及记录云南风土人情的"地方志"也才刚刚开始，在此之前，不仅是竹筒茶，即便是其他茶叶也是少有记载；二是因为云南少数民族几乎没有文字可以使用。在元代之前，云南各地由不同少数民族统辖，版纳、普洱地区的少数民族大多生活在偏远山区，缺少文字记载，留传下来的历史都是"口口相传"，所以"传讹""传丢"现象严重。其中"濮人"从唐代开始种茶、制茶、饮茶的历史，虽然得到广泛认可，但是其具体源于何时何地，却无从知晓，竹筒茶更是被淹没其中，没有得到相关的文字记载。

陳·茶

炉上山泉，松风骤起，轰鸣着将我从沉思中唤醒，拿起竹几上的两根"03年竹筒茶"，眼前浮现普国忠先生，灰白色画面里苦心孤诣、艰辛制茶的场景……

普国忠，是普洱茶传统制作技艺传承人和守护者，曾用匠心打造出"健身"与"普粹"两个茶叶著名品牌商标。他先后任国营勐库华侨农场茶厂厂长、临沧地区茶叶公司副经理、云南茗香茶叶制品有限公司总经理、云南茶叶进出口公司临沧分公司副经理和云南茶苑集团股份有限公司临沧分公司副经理。2003年11月因公司改制下岗，于次年（2004）创办"临翔区健身茶叶加工厂"。2005年，"健身"牌获得"云南省著名商标"称号。2006年，"健身"品牌被迫弃用，遂成立"临沧普粹茶叶有限公司"。由于他制茶经验丰富、技艺精湛，成为"茶痴"艾田先生"百茶堂"的指定加工厂。一路走来，散落在他制茶人生轨迹中的无数经典茶品，如今都已闪耀出熠熠光彩。

云南玉竹，密度大，水分少，不易虫蛀，是制作竹筒茶的上佳原料。当年新鲜玉竹要于11月份秋季成熟后采截，此时竹汁丰沛、竹衣厚润，也是一年中分泌芳香油最旺盛的时候，采截制成竹筒茶陈放转化，会令茶汤更清甜、更馥郁。

《本草纲目》记载："竹沥气味甘、大寒、无毒。主治：暴中风风痹，胸中大热，止烦闷，消渴，劳复。"近代药物化学分析证明：竹沥，也就是竹汁，富含氨基酸、葡萄糖、果糖、蔗糖等多种成分。药理实验证明，其确有镇咳祛痰功效。而竹衣亦可入药，《纲目拾遗》中提道："竹衣，为禾本科植物金竹秆内的衣膜，主治'治喉哑劳嗽'，清热止呕，涤痰开郁。"

昔归，清朝时被称作"锡规"。昔归村也被当地人戏称"搓麻绳的村子"。"麻绳"给人的直观印象就是"瘦劲"，这与昔归茶的外部特征和内在质性极为相似。昔归古树茶，叶片并不肥厚，长叶瘦劲，干茶色泽偏深、红梗长，叶质韧实、多马蹄。

昔归古茶园，咫尺澜沧江，是云南地区极为罕见的低海拔古茶园，海拔高度仅不到1000米，却是一线名山头普洱茶里的"一朵低海拔奇葩"，也是唯一一个低海拔产出知名好茶的特例。横断山脉河谷，坡陡险峻，峡谷急流，山间水汽蒸腾而上，形成云雾滋润茶树，穿过云雾的阳光散漫而轻柔，为古茶园提供了充足的光照。由于降水量充足，春夏两季热气上升时，易被高山阻隔，难以散开，加之昼夜温差大，进而创造出绝佳的温湿环境，也因此孕育了"内质丰厚、香气高扬"的昔归茶。

古茶园混生于森林中，属于邦东大叶种茶。树龄多在200年以上，较大的树径在60—110厘米，其内质丰富也归因于此，细长的叶片蕴含着巨大的能量，堪称万中无一的普洱茶佼佼者。昔归茶比肩"老班章"，与"冰岛茶"并称为临沧茶的"茶王"和"皇后"，难怪茶人圈子里会有"仅此一啜，便会钟爱一生"的"昔归印象"。这也是当年，普国忠足迹踏遍云南茶山，千挑万选、反复测试，最终择取澜沧江畔、忙麓山上昔归古树甜茶为"03年竹筒茶"茶菁原料的主要原因。

至于普洱茶的药用价值和主治功效，自"神农尝百草"始发现时，就已被锁定，加上自古记载陈述颇多，我们自不必多费笔墨。鲜甜玉竹加持下的陈年竹筒茶，有利于提神醒脑，涤洗身体杂气，减轻重金属毒，舒缓心情，有助于解腻、消脂、抗衰老、抑菌消炎，能有效刺激人体新陈代谢。

随着茶叶冲泡出汤，一股兰香袭人，冰糖凉甜的馥郁之气接踵而至。近20年云南仓储的陈放转化，使之锐气已尽，苦涩不显，茶味浓酽，茶气劲强。汤汁橙黄微红、通透明亮，丰富的内含物质被溶于其中，口感甜稠、细腻、柔顺，层次分明，回甘持久，生津迅速，喉韵悠长。

温润的茶汤，包裹着浓郁的竹韵陈香，拍击胸腹，渗透全身。五泡过后，宽厚遒劲的茶气使人通体发热，额颊沁出细碎汗珠。再饮数道，直至达到幻茶幻水的尾水阶段，微风习习，由内而外，畅爽之极。

软糯芽叶，层层叠叠。

柔薄竹衣，依依附附。

竹沥潺潺，从静润到烘烤，凝露为香！

古茶厚酽沉稳，翠竹鲜嫩灵动。

这一切皆是命中注定，

它们在烈火中得到新生……

陳 茶

可以喝的竹衣
竹衣可入药

黄良『观自在』

2022夏月
天津南市

"观自在",玄奘认为有"观照纵任"之意,即观照万法而任运自在。佛经上说:"八地以上的菩萨,得色自在、心自在、智自在,是菩萨观自在者。所以凡是菩萨登地,通达真理,断我法执,度生死苦,即可名观自在。"

星云大师开示:"观自在是观世音菩萨的另一个名号,意思是说,只要你能观照自己,你就可以自在了!人生在世,如果有钱而活的不自在,人生也没有什么乐趣可言。偏偏人在世间上,'有'就是罣碍,就是烦恼,因为许多人有金钱'有'的不自在;有家庭'有'的不自在;有爱情'有'的不自在;有名位'有'的不自在。因为'有',所以不自在。如果能在称、讥、毁、誉、利、衰、苦、乐的'八风'境界里,都能不为所动,你自然就能自在解脱了。"

"观自在"黄良夫妇

我想黄良夫妇对"观自在"的思考，可能更契合于星云大师的这种境界吧！自由自在，心无挂碍，寻茶、制茶只重品质，而不营营苟苟于价格之间，方却成就了他们令人肃然起敬的"匠心"气质。

"如果有人不想喝拼配（经典普洱），要我推荐纯料茶饼，我肯定推荐'观自在'。"云南普洱茶认证中心首席专家、云南普洱茶协会顾问、著名资深茶人石昆牧先生曾这样评价"观自在"。

黄良夫妇是易武老街人，却和本地茶人截然不同。他们愿意花费巨大的时间和心思去构思茶品，坚持走小众的个性化发展路线，制作高品质普洱茶，并赋予每款茶品浪漫主义的文艺气质。也正因此，他们以及"观自在"茶业，在云南茶圈儿成为一个"另类"，也是始终被谈论的话题。

黄良先生对茶的痴迷程度近似"走火入魔"。他说："人一辈子太短，坚持做好一件事就够了！"于是，认真做茶，就成了他的初心使命，"奔茶山"也随之成为他一年中最快乐的时光。

"好的茶叶，滋味先苦后甘，回味绵长，放在嘴里抵一下，一股清苦便迅速地占领了整个口腔。有些茶叶鲜叶，甚至不需要入口咀嚼，摸摸捏捏，凭借手里的触感是否绵密细腻，就能区分是野生古树茶，还是台地茶。"每每谈起上山收茶，他都兴致勃勃，眼神里充满了"热爱"。

和他熟识的某位茶学家,曾这样回忆:"黄良外表敦厚,平易近人,唯独对茶却倔犟如牛。勐海斯麻哩茶厂是他的一个生产基地,制茶季节,他每天在厂里走来走去,认真监督茶品制作的每一个细节。就连茶饼压制的松紧程度,都要亲自上手试撬,以确保茶饼撬开时条索完整。"

"我们这里做茶多年,在业界小有名气,但黄良算是很挑剔的客户。他对品质要求很严格,第一次来我们这里定制茶品,就提出三大要求——不吃饭,不打牌,不陪同。制茶过程他会自己跟踪,自己监管,总是时时放心不下,有问题会联系负责人。"厂长既无耐又感慨地描述。

苍劲凌寒的冬梅,清纯飘逸的夏荷,温柔委婉的水仙,还有"观自在"博客上那些关于茶山、茶事见闻的人物速描……子鸿女

2000年首批易武精选古树茶版面及包法

士不仅爱茶，且擅诗画，是她赋予了"观自在"浪漫主义文艺气质。

"先生的弟弟黄勇创立'永聘号'，是云南有知名度的普洱茶商。小妹则做茶具生意，现已是业界龙头。相比之下，我们生意规模最小。"子鸿笑着抬高腔调："'吃力不讨好！'是黄勇对'观自在'的评论。对此先生倒不在意，总是笑笑，也不多加解释。"

这就是黄良夫妇，一个敦厚认真，收茶、制茶一丝不苟；一个灵动飘逸，策划、推广浪漫文艺。两个人在普洱江湖中演绎着"郭靖与黄蓉"的侠侣故事，同时构成了"观自在"茶业的根骨与气质。

岁久愈醇，养心涤尘。

为且不争，利而无害。

智识双蕴，观吾自在。

"观自在"2000年首批易武精选古树普洱茶，在绿白相间包

饼面细节

陳·茶

装版面上的这24个字，深沉而优雅地表露了他们的人生智慧。"茶无绝品，至真为上！"即使是大部分人都不会十分注重的内飞上，也镌刻着他们对普洱茶的深刻理解。

2000年初春，在碧峰叠翠，古木参天，古茶树错落生长的原始森林里，婆娑树影充盈着野性的妖娆，遒劲躯干写满了时间的沧桑。黄良手捧茶菁鲜叶，神态严肃地边仔细观察，边用手试探着质地与韧性，再放到口中认真咀嚼，随着品鉴，"生苦""回甘""留香"，他脸上划过一丝惊喜之后，露出满意的微笑。这一次易武险地寻茶，无意中打造出一批巅峰品质的易武古树普洱茶，从起步阶段便确定了"观自在"茶品的高水准输出，并成为后续茶品一以贯之的品质标杆。

如今再来审视这款茶品，茶饼整体圆润饱满，松紧适中，条索清晰粗硕，色泽深褐，嫩芽与金毫明显，符合典型的易武野生茶特征。

开茶煮水，初尝滋味。20余载的岁月凝香，使之转化呈现出"水含百花奇香，后韵高远质感重"的境界。

在茶汤的前段，汤色蜜黄油润，崭露泛红迹象，野蜜香叠化而来，随之而出的是昆明干仓造就的缕缕混合芳香。口感绵润细腻，汤汁醇滑，温软甘甜，十分舒适，山野气息转化为苍茫开阔的陈韵，茶气饱满、强劲、持久。

至茶汤的中段，汤汁劲道，黏稠度强，生津回甘如潮涌动，层层叠叠，无尽无休。高甜茶汤之下暗藏的遒劲茶气，即将奔腾而来，原始森林的野性魅力，爆破每一处毛孔，冲斥每一条经络，令人心颤手抖，频发热汗。

到茶汤的尾段，除了甘醇柔滑，还有满满的陈木香韵。这是丰富的内含物质，经多年陈化，逐渐升华，由内而外地表现出来，才有了这份极为特别的感受。

石昆牧先生说："一些有了一定鉴赏水平的人，目前都喜欢购藏文化普洱'观自在'，因为'观自在'选茶精良，加上包装上独有的文化气息，是跨越品赏门槛那一部分人追逐的理想……它走的精致高端路线，是可以收藏的普洱。"

诚然，这些年收藏普洱茶品数不胜数，干仓纯料易武茶亦不在少数，却独缺这饼"观自在"……

陳 茶

◎ 观自在　观照纵任

天能野韵　岁月嫣然

2023 七夕
廊坊嘉木堂

陳·茶

打从入伏前10天,人们就盼着它。而今,终于迎来一场大雨倾盆而下,此后又细雨绵绵了两天。在焙炙与蒸融中挣扎已久的人们被这股清凉润透了心田……

阴雨天喝茶,大都很难品出个什么味道。可今日却不同,或许是茶好,抑或许是心境使然吧?一壶"天能"老易武,不但咀哑出正山野韵和醇醇滋味,而且在自斟自饮之间,似有万语千言,呢喃着对话岁月嫣然!

"何氏天能号传统包圆茶。纯属易武正山独优生态原料,良种大叶茶,挑选龙芽凤尖,继传统手工制作工艺。精工督造,坚保质量。以自然生态笋叶竹箴包装,能长久保存并有利茶叶自然发酵。本品内含物质丰富,滋味醇厚,回甘持久,饮之清凉解渴、帮助消化、祛除疲劳,提神醒酒,具有降血压、降血脂、减肥之功效。"

整筒 2003 年天能号易武正山七子饼茶

以上便是"何氏天能号（2003年）易武正山七子饼普洱生茶"（以下简称"03天能号"）包装绵纸正面的广而告之。那时国家对茶品包装以及广告宣传词语要求没有那么严格，故而才有"……具有降血压、降血脂、减肥之功效"之说。姑且不论其通篇语句是否准确恰当，但这段文字总归是说清了茶的原料、工艺、包装和口感滋味。

"天能号"位于云南西双版纳易武老街661号。据载，早在唐代已有濮人（哈尼族、布朗族、佤族、彝族等）居易武种茶。易武曾是茶马古道的起点和六大茶山的中心，其普洱茶明代就已名扬四海，这里制作的七子饼茶，自古便是普洱茶的代表性上品，清代钦定的云南贡茶，即产于此。如今可寻的普洱茶老号也大都出自易武，如庆丰号、同庆号、同昌号、安乐号、乾利贞号、鸿庆号、福元号、车顺号、陈云号等。

据史料记载，最早种植茶树的古濮人，易武茶山亦不例外。明末清初，随着六大茶山的名气越来越大，大量汉人移居六大茶山种茶、制茶和经营茶叶生意。这些"奔茶山"的汉人不仅有以石屏为主的云南人，也有为数不少的四川人和江西人。现在易武、倚邦等地，还有大量石屏人后裔种茶、制茶和经营茶叶生意，如麻黑村60多户人家大部分为石屏人的后代，他们语言交流至今还保留着那极易分辨的石屏口音。

陳·茶

掀开"03天能号"外包绵纸，细看干茶，但见条索紧结壮硕，骨感线条优美，色泽油光乌润，充满了易武古茶山的力量与野性。未经意视线恍惚，深陷入悠悠往事……

那是在20世纪末，香港的茶楼整理出些许陈期60—100年六大茶山老茶号制作的七子饼茶，他们将这些老茶当作"能喝的古董"进行高价售卖或天价拍卖。于是乎人们把目光又重新投向普洱茶的原产地，而易武、倚邦便当仁不让地成为他们的普洱寻根之地。此刻，一个复兴普洱茶的时代悄然来临。

1993年起，便有港台茶商恳请原易武老乡长张毅先生为他们加工普洱七子饼茶；

1999年，昌泰茶业的陈世怀先生进易武办茶厂，生产"易昌

版面及包法

号"普洱七子饼茶；

2000年后，易武的何天能、何天强、周永清、何惠仙，象明的权存安、王梓先、卫成新等茶山人，以超前的眼光开始恢复制作普洱七子饼茶。随后，一些老茶庄的后人也纷纷重新打出祖上的茶号招牌，复刻制作普洱七子饼茶；

2004年以来，每到收茶季节，易武老街上都能见到操着不同口音的外省人。偏僻的象明不再沉寂，已有10多家农户加工普洱七子饼茶，其茶品大部分销往港台地区。基诺由于交通较易武和象明更便利，已有外地人建起了中型机械化茶叶加工厂。昆明一些茶叶公司也进六大茶山收购茶菁原料，整个六大茶山的普洱茶价格开始逐渐上升；

饼面细节

陳·茶

2005年3月，中国云南普洱茶古茶山国际学术研讨会在勐腊县勐仑中科院热带植物园召开；

2005年6月，易武荣列云南省首批特色旅游城镇。

回神注视这款曾登上詹英佩《中国普洱茶古六大茶山》一书的"03天能号"，要说清它是怎样的普洱茶，便要先说一说它的主人——"天能号"庄主，"茶农状元"何天能。

何氏家族，祖祖辈辈居于易武，祖上曾给老茶庄宋聘号的前身"乾利贞"打工。他们种茶、制茶、爱茶、敬茶的信念和祖传制茶技术一脉相承。何天能的父亲何明显，不仅是运输茶叶的马锅头，而且极善医道，颇受乡里爱戴。何天能1944年出生，儿时便常与年长几岁的张毅一起玩耍，一起琢磨茶叶。据他介绍，祖上迁居麻黑已历七代，自己是在普洱茶的促使下才走出了村寨，于1973年搬到易武开办茶厂。作为易武民间传统制茶工艺的传承者，他严苛选

料，追求麻黑古树头春，虔心制茶，崇尚传统手工制作，始终以传承数代的古老工艺，精制上品易武七子饼普洱茶。

整整20年，岁月灵动了历史，光阴凝练了滋味。品啜着每一口"惊喜"，酽醇汤汁饱含着浓足茶味。陈香稳健，蜜香甜润，木香幽袅，幻化出空灵俊雅的梅子韵，像极了窗外的细雨，安抚着盛夏的燥热，愉悦、安稳、舒适。浓稠汤感带来了澎湃甘津，唇齿、两颊、舌喉，直至下腹丹田，所经之处，尽是那抹草药苦口过后的股股清甜，涓涤延绵不绝。磅礴汤韵裹挟住遒劲茶气，在身体最深处迸发开来，宽广、持久、深邃……

普洱茶，特别是普洱老茶，一直被誉为"可以喝的古董"，而易武则早已被公认是"古董茶的摇篮"。有茶人说"易武茶收藏价值斐然"，我们认为它的真正价值，却并不在于其价格的高低。而其价值意义所在是那组由"茶人精神"熔铸成的基因密码，在一辈又一辈茶人的血液里，鲜活下来！

陳·茶

◎ 宽广　持久　深邃……

收获『香象绝流』

2021 初秋 云南茶研所

陳·茶

"至如般若缘深,灵根凤植,伽陵破卵,香象绝流。"

"香象绝流",又作香象渡河,原是佛教用语,用以比喻悟道精深。"如恒河水,三兽俱渡,兔、马、香象。兔不至底,浮水而过;马或至底,或不至底;象则尽底。"这是《优婆塞戒经》中对这则成语典故的描述,后人也用它形容评论文字精辟透彻。亦如普洱茶界,能够"截流而过,更无疑滞"的茶品寥寥无几,多的是兔、马品质,或飘忽不定,或上下沉浮。我辈侍茶,近40载,所见所闻,亦不过屈指可数的几款"号级""印级"经典老茶和"73青""88青""水蓝印""绿大树"等茶品有此"绝流"气度,余者大都泛泛。

2021年香象绝流饼茶版面

然而，普洱茶要达到"截流而过，更无疑滞"又谈何容易！

对于普洱茶而言，茶菁原料是其根蒂。所以要得到一款能称得上"香象绝流"的普洱茶品，必须先从择茶选料入手。说到择茶选料，自古六大茶山（易武、蛮砖、莽枝、革登、倚邦、攸乐）就是不二之选。

易武。易武是古六大茶山之一，位于西双版纳州勐腊县西北。据《普洱府志》记载："云南迤南之利，首在茶。而茶之产易武较多，茶味易好。"易武茶是清代贡茶中最昂贵的茶叶，以"价等黄金而名重天下"。易武茶叶种植面积和产量为六大茶山之冠，所以早在清末，云南茶商就开始云集易武开设毛茶厂。易武正山海拔差

筒面

异巨大（海拔656—2023米之间），形成立体型气候，具有温湿、温暖两种气候特点。因此，造就了易武茶"温润柔雅、蜜香回甘"的典型风格。

蛮砖。蛮砖东接易武，北连倚邦，面积约300平方公里，清代已有茶园万亩以上。蛮砖山茶园虽多，但茶号很少，清末民初易武的茶号都到蛮砖采购茶菁原料，茶农说，"易武七子饼一半是蛮砖茶"。这里气候环境特殊，高纬度、高海拔，且海拔差异明显（海拔565—1540米之间），垂直变化极大，年温差小，日温差大，旱雨分明，雨量充沛，使蛮砖茶呈现出"香沉微苦，质厚醇滑"的口感特征。

莽枝。莽枝位于西双版纳州勐腊县，紧连革登茶山和孔明山，

内飞及饼面细节

《滇云历年传》记载："雍正六年(1728)，莽枝产茶，商贩践更收发，往往舍于茶户，坐地收购茶叶，轮班输入内地。"莽枝山至今保存有古茶园1056亩，在海拔1360米的高山上，除此之外，还有许多成林成片的古茶园，主要分布在秧林、红土坡、江西湾等老村寨。其特点是：以中小叶种特殊香型著称，香甜微蜜感，汤汁柔带刚。

革登。革登处于倚邦和莽枝之间，在古六大茶山中面积最小，但因离孔明山最近，并且有一株特大的茶王树，所以在六大茶山中有其特殊的地位和傲人的名气。"其治革登有茶王树，较众茶树独高大，土人当采茶时，先具酒醴礼祭于此。"这是《普洱府志》关于革登茶王树的记载。革登古茶山包括今象明新发寨、新酒房、菜阳河一带，和莽枝山相似，以中小叶种特殊香型著称，口感略窄，花香突出，汤质稍薄，甜苦味均明显。

倚邦。倚邦位于江东，其种茶历史悠久，茶叶品质良好，是上等普洱茶的盛产之地。这里海拔差异较大，最高可达1950米，山高

陳茶

谷深，江河纵横，环境好，水土优，山野气浓，气韵开阔。倚邦野生茶的芽头是它的出众之处，其芽头较短小，条索乌黑油亮，是典型的小叶种。独特的山野花香与果香在六大茶山之中，是其独一无二的经典特征，茶汤涩显于苦，苦淡，汤质软糯饱满，水路细腻，回甘生甜，持久耐泡。

攸乐。攸乐又被称为基诺山，是古六大茶山中唯一一座不在勐腊县的正山。攸乐古茶山种茶、制茶、贸茶历史悠久，据资料记载，早在道光年间，攸乐茶已远销印度和欧洲。攸乐的茶园在海拔1100—1500米之间，面积一万亩左右，土壤介于红壤和砖红壤之间，土层深厚，土质肥沃，森林覆盖率较高，有机物质含量丰富。茶树属乔木大叶种，外形条索紧实，油润显毫。苦涩重，回甘快，生津好，香气清烈，不愧为"烈而不燥，苦尽甘来"的上乘茶品！

普洱茶仅仅是茶菁原料优秀，还不足以令其达抵巅峰，制茶工艺，特别是拼配技术精湛与否同样会影响它的品质生成。

大约是在二十七八年前，我曾在古六大茶山游学住读，也深识了云南各大茶厂，其间与众多资深制茶艺人讨论过"号级""印级"茶的传统拼配和制茶工艺，并被前辈们的高深造诣所折服，一度痴迷而忘返。从此我便萌生了用古六大茶山的优质茶菁原料，按传统工艺制作一款能够与"号级""印级"茶相媲美茶品的想法。时光荏苒，岁月穿梭，几十年来，没能得偿夙愿。

直到2021年3月，与多年挚友长占先生偶遇西双版纳，谈及制茶心得，方知我们的想法竟然不谋而合。凭借早年游学住读时的记忆和彼此多年的制茶经验，我们又与茶研所专家共同研究拼配方案和工艺，并请资深制茶老匠人，按照古法"号级""印级"经典茶品配方和工艺试制茶品。从试制茶品，品评指标，优化配方，到再试制茶品，再品评指标，再优化配方，反复十余次。这款大家公认有望在未来能够成为"截流而过，更无疑滞"的"香象绝流"普洱茶品才宣告问世。

汲山水之灵气，品佳木之幽香。"香象绝流"普洱青饼汇集了古六大茶山老树茶菁的精粹，香气、口感、滋味无以复加，称得上是"号级""印级"茶的加持重现，随着岁月流逝，它将在其各个生命阶段里，为我们呈现出无比惊艳的超然感受！

茶底、茶汤

陳·茶

○ 截流而过　更无疑滞

桃李不言 下自成蹊

2019
大雪
石家庄柏林寺

"天行健，君子以自强不息；地势坤，君子以厚德载物。"宇宙的运动刚强劲健，大地的气势厚实和顺，君子刚毅坚卓，发愤图强，增厚美德，容载万物。茶叶亦是因此而厚积薄发，舒枝展叶，汲精纳养，成就典藏。

"载物"因《道德经》而一言得名！

喝茶、评茶多年，常会被问起：什么样的熟茶，算是高端的熟茶？怎样才可以喝出熟茶的"高端感"？等等……

面对这诸多问题，思来想去，与其平铺直叙的解释，倒不如先做出一款高端熟茶，然后有的放矢地和大家谈谈感受。

普洱熟茶与生茶不同，品鉴熟茶讲究"厚、润、甘、滑"。厚度是评判熟茶内质优秀与否的首要条件。越是内含物质丰富的熟

2019 年载物十年熟普版面及桶面

茶，它的茶汁汤感越"厚"。这是茶叶内含物质在一定程度上，溶于茶汤的表现，进而反应在口感上。内质优秀的熟茶，其内含物质较为丰富，水溶性强，口感自然也就浓厚稠密。

那么，普洱熟茶的"厚"从哪里来？

云南老茶树生长于千米海拔以上的高山密林之中，日久年深，茶树汲取大自然的能量而循环流转，把日月精华化成强健体魄的营养，进而将自身独特基因的特性充分发挥出来。当鲜叶被采摘、发酵、制作成熟茶，一经冲泡，落在杯上，喝在口中，高端普洱熟茶的"厚、润、甘、滑"便被展现得淋漓尽致。

记得那是2009年春天，我与几名茶友同上布朗山寻茶。其间偶遇一批上等老树普洱茶茶菁，逐一鉴尝后优中选优，甄选出1050

内飞及饼面细节

陳茶

公斤，就在当地聘请制茶老师傅主持了小批次渥堆发酵，将其制作成约800公斤老树普洱熟茶原料，收藏起来……转眼就是10年，经过充分陈放转化，这批老树普洱熟茶原料已日趋成熟，并初显卓越品质。

于是，2019年经云南省农业科学院茶叶研究所反复研究试制，委托勐海县云茶科技有限责任公司按标准工艺压成357克茶饼，并由中茶悦泰茶业股份有限公司重装上市。至此，"载物"布朗甄选10年陈普洱熟饼茶，訇然诞生。

"载物"的诞生！既是一次对高端普洱熟茶的突破，深刻诠释老树普洱熟茶的独特魅力与品饮价值，同时也准确回答了广大茶友对高端普洱熟茶的疑问。

好茶的根基在于原料。"载物"的"香高""汤厚""甘润""韵长"等外在优秀表现，都是由其内在强大的骨骼——布朗山老树茶的内质来支撑的。布朗山位于云南西双版纳勐海县，这里居住着世界上最早栽培、制作和饮用茶叶的布朗族人，古茶树绵延千里，是古茶园保留最多的地区。布朗山乡包括新老班章、老曼峨、曼新龙等村寨，其中，最古老的老曼峨寨子已有1400年历史。可以说，布朗山是云南最古老的三座茶山之一。

当年，"载物"甄选布朗山老树茶菁为原料发酵制成熟茶。新茶时"酽强气劲"的布朗山风格便尤为突出，苦与甜相继叠加、绽

放，香韵撼人，大气磅礴。制成的熟普洱茶糯香、樟香交融，口感黏糯丝滑，抚过舌尖，微苦乍破蜜甜奔涌……又经过10年的陈放转化，再用传统工艺压成357克规格的典藏级普洱熟茶饼。不仅"香高""汤厚""甘润""韵长"的特征凸显，而且水溶性超强，耐泡度极高。

窗外，午后欢阳照耀昨夜积雪，与风皮炉上的缕缕茶烟浑成一幅枯墨画卷。酽红透润的茶汁在公道杯中荡漾出异样光彩，心境大好，把盏啜饮：茶汤入口层次分明，饱满丰富，陈香、药香高长，糯甜喷涌而持久；茶汤过喉油润香甜，没有半点阻滞，如上好的绸缎，触之柔软顺滑；茶汤经胃入丹田，给人感觉圆润舒缓，整个身体被暖暖的愉悦感所包围，十分恬然惬意！

汉史学家司马迁为李广立传时提道："桃李不言，下自成蹊。"意为桃李有芬芳的花朵、甜美的果实，虽然它无法开口说话，但仍会吸引人们到树下赏花尝果，以至树下都走出了一条小路。桃李如此，茶亦是如此。"载物"，有种难以言喻的独特气质，那是天人合一、身心和谐的境界，再多笔墨也实难描述！

"桃李不言，下自成蹊。"是"载物"以品质发声，用实力说话的含蓄表达。

"载物"采用双层薄绵纸包装，利于储藏和后期转化；版面描绘一幅布朗山水墨图；上方印有"悦泰"商标和五颗红星；"载物"名字赫然立于中央；右上角"布朗甄选拾年"，写明原料产地和陈放时间；左侧摘录："桃李不言，下自成蹊。"以示品质；正下方标明"第升号""净含量357克"和"普洱茶（熟茶）"等产品信息。

从品饮到欣赏，再到思考……或许"载物"布朗甄选10年，已不仅仅是一饼典藏级普洱熟茶，而是兼顾了高端普洱熟茶的所有评判指标，成为我们品鉴其他普洱熟茶时可以参考的重要标杆！

茶底、茶汤

后记

西风几时来，流年暗中换。

当我踏上南下的绿皮火车，双手扶着车门，极力屏住颤抖的嘴唇……满心苍凉，孤独彷徨，却模仿出大人们一样锁眉注目，坚毅地凝望窗外的神情。

殊不知，就在这漫无目的一路狂奔的一刻，我悄然开启了从"北风呼啸"走向"日丽风和"的人生旅程，冥冥中注定此生"亦余心之所善兮，虽九死而犹未悔"的旷世茶情！

蓦然回首，往事如烟。侍茶36年，虽屡遭艰难险阻，却志向弥坚，尤以弘扬茶文化为毕生追求。沉浸在悠悠的侍茶岁月中，我乐此不疲地点滴为录，随笔而得了许多涉茶散记，虽是真情实感，却皆为杂乱无章之文。于今，日积月累已有侍茶随记粗陋之作300余篇，今年5月我整理出30多篇，编辑出版《陈茶》普洱系列一，现续整理30篇，辑成《陈茶》普洱系列二，与茶人读者共享，希冀不吝指正。

此次编辑出版《陈茶》普洱系列二，特别感谢：著名书画家苗再新先生为本书题字！著名画家何军委先生为本书创作插图！作家蒋泥先生亲自主持本书出版工作！著名资深新闻工作者赵振声老师对本书文稿的孜孜教正！

并对曹乃岐、路立春、赵晓东、谢占全、王文岩、张文宇、赵祖雄、蒙坚、杨锦鹏、欧志雄、高振斌、洪欢、周跃、杨鸿儒、刘倩、张智雅、侯茜林、刘书伊等同人分劳赴功，鼎力本书成稿、配图、装帧、校对、出版和发行，表示由衷的感谢！

2023 年中秋　京南天华园

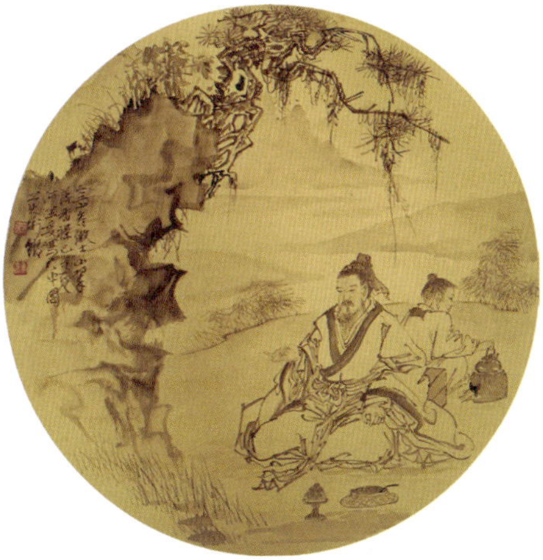